suhrkamp taschenbuch 1981

Julio Cortázar, 1914 in Brüssel geboren, lebte bis 1951 in Buenos Aires, danach in Paris, wo er 1984 starb. Sein Werk im Suhrkamp Verlag ist auf Seite 157 dieses Bandes verzeichnet.

Wie man richtig weint, singt, Treppen steigt oder eine Uhr aufzieht, kurz: Unterweisungen für vieles, was wir tun müssen, um »Tag für Tag von neuem uns Weg zu bahnen in der klebrigen Masse, die sich Welt nennt«, enthält dieser Band von Julio Cortázar. Die Cronopien vor allem, kleine »grüne und feuchte« Subjekte, schleichen sich schnell, ehe man sich's versieht, in die eigene Welt und bevölkern sie: »Ein klitzekleines Cronopium suchte den Haustürschlüssel auf dem Nachttisch, den Nachttisch im Schlafzimmer, das Schlafzimmer im Hause, das Haus auf der Straße. Hier hielt das Cronopium inne, da es, um auf die Straße zu gehen, den Hausschlüssel benötigte.«

Julio Cortázar
Geschichten der Cronopien und Famen

Aus dem Spanischen
von Wolfgang Promies

Suhrkamp

Titel der Originalausgabe: *Historias de Cronopios y de Famas*
Der Band erschien 1965 erstmals im Hermann Luchterhand Verlag,
Neuwied und Berlin.
Umschlag: Paul Klee, Mädchenklasse im Freien, 1939
© VG Bild-Kunst, Bonn, 1992

suhrkamp taschenbuch 1981
Erste Auflage 1992
© Julio Cortázar und Ediciones Minotauro, Buenos Aires, 1962
© der deutschen Ausgabe
Suhrkamp Verlag Frankfurt am Main 1977
Suhrkamp Taschenbuch Verlag
Alle Rechte vorbehalten, insbesondere das
des öffentlichen Vortrags, der Übertragung
durch Rundfunk und Fernsehen
sowie der Übersetzung, auch einzelner Teile.
Druck: Nomos Verlagsgesellschaft, Baden-Baden
Printed in Germany
Umschlag nach Entwürfen von
Willy Fleckhaus und Rolf Staudt

1 2 3 4 5 6 – 97 96 95 94 93 92

Geschichten der Cronopien und Famen

HANDBUCH DER UNTERWEISUNGEN

Tag für Tag ist uns von neuem aufgegeben, den Ziegelstein zu schmelzen, Tag für Tag von neuem, uns Weg zu bahnen in der klebrigen Masse, die sich Welt nennt, jeden Morgen auf das Parallelepiped abstoßenden Namens zu treffen, mit der hündischen Befriedigung, daß alles an seinem Platze ist, dieselbe Frau zur Seite, dieselben Schuhe, derselbe Geschmack derselben Zahnpasta, dieselbe Trostlosigkeit der Häuser gegenüber, des schmutzigen Verschlags der Wetterfenster mit ihrer Aufschrift HOTEL DE BELGIQUE.
Den Kopf wie ein unlustiger Stier gegen die durchsichtige Masse rennen, in deren Mitte wir den Milchkaffee zu uns nehmen und die Tageszeitung öffnen, um zu wissen, was in irgendeinem Winkel des gläsernen Ziegels vorfiel. Uns widersetzen, daß der heikle Akt, auf die Klinke zu drücken, jener Akt, durch den alles anders werden könnte, sich mit der kalten Wirksamkeit eines alltäglichen Reflexes erfüllt. Bis dann, Liebes. Machs gut.
Ein Löffelchen zwischen den Fingern pressen und seinen metallenen Puls fühlen, seine argwöhnische Wachsamkeit. Wie schmerzt es, einen kleinen Löffel zu verleugnen, eine Tür zu leugnen, alles zu leugnen, was die Gewohnheit leckt, bis sie ihm die erwünschte Glätte gibt. Wie einfach dagegen, zu des Löffels bescheidenem Anspruch Ja zu sagen, ihn zum Umrühren des Kaffees zu gebrauchen.
Und es ist nicht einmal übel, wenn uns die Dinge jeden Tag von neuem vorfinden und dieselben sind. Daß uns dieselbe Frau zur Seite ist, dieselbe Uhr, und der Roman, geöffnet auf dem Tische, auf dem Zweirad unsrer

Augengläser fortzufahren beginnt – warum sollte das übel sein? Aber wie ein trauriger Stier muß man den Kopf ducken, muß vom Mittelpunkt des gläsernen Ziegels nach außen drängen, nach dem andern, das uns so nah, unerreichbar ist wie der Picador, so nah dem Stiere. Muß sich die Augen kasteien, betrachtend das, was über den Himmel geht und verschmitzt seinen Namen Wolke akzeptiert, seine im Gedächtnis katalogisierte Entgegnung. Glaub nicht, das Telefon werde dir die Nummern geben, die du suchst. Warum sollte es sie dir geben? Kommen wird lediglich das, was du bereitet und gelöst hast, der traurige Widerschein deiner Hoffnung, jener Affe, der sich auf einem Tische kratzt und vor Kälte zittert. Schlag jenem Affen den Schädel ein, lauf von der Mitte zur Wand und brich dir Bahn. O wie sie in der Wohnung darüber singen! Es gibt in diesem Hause eine Wohnung darüber, mit anderen Leuten. Es gibt eine Wohnung darüber, wo Leute wohnen, die keine Wohnung darunter vermuten, und wir hausen alle in dem gläsernen Ziegel. Und wenn sich plötzlich eine Motte auf die Spitze des Bleistifts setzt und wie ein aschgraues Feuer zuckt, betrachte sie: ich betrachte sie, ich taste nach ihrem winzigen Herzen und höre sie, jene Motte tönt in der Masse gefrorenen Glases wider, noch ist nicht alles verloren. Wenn ich die Tür öffne und mich über die Treppe beuge, weiß ich, daß unten die Straße beginnt; nicht die längst hingenommene Gleichform, nicht die altbekannten Häuser, nicht das Hotel von gegenüber, sondern: die Straße, der tropische Garten, in dem sich jeder Augenblick wie eine Magnolie über mich ergießen kann, in dem die Gesichter geboren werden, wenn ich sie anschaue, wenn ich ein wenig weiter gehe, wenn ich mit den Ellbogen und den Wimpern und Fingernägeln verbissen gegen die Masse des gläsernen Ziegels angehe und mein Leben riskiere, während ich voranschreite, Schritt für Schritt, um an der Ecke die Zeitung zu kaufen.

Unterweisung im Weinen

Wir wollen die Beweggründe beiseite lassen und uns an die korrekte Art zu weinen halten, worunter wir ein Schluchzen verstehen, das weder die Grenzen des Anstands überschreiten noch das Lächeln mit seiner Parallele und plumpen Ähnlichkeit beleidigen soll. Das durchschnittliche, das gewöhnliche Schluchzen besteht aus einer allgemeinen Kontraktion des Gesichts und einem krampfartigen Laut, begleitet von Tränen und Rotz, letzterem gegen Ende zu, da das Schluchzen in dem Augenblick aufhört, wo sich einer energisch schneuzt.
Um zu weinen, müssen Sie die Einbildungskraft auf sich selbst lenken, und wenn sich das für Sie als unmöglich herausstellt, da Sie an die Außenwelt zu glauben gewöhnt sind, so denken Sie an eine von Ameisen bedeckte Ente oder an die Meerbusen der Magalhaesstraße, *die niemand je betritt.*
Sobald Sie schluchzen, werden Sie das Gesicht geziemend verhüllen. Bedienen Sie sich dazu der Hände, die Handteller nach innen gekehrt. Kinder halten sich den Jackenärmel vors Gesicht und stellen sich vorzugsweise in einen Winkel des Zimmers. Durchschnittliche Dauer des Schluchzens: drei Minuten.

Unterweisung im Singen

Beginnen Sie damit, daß Sie die Spiegel in Ihrem Hause zerschlagen, lassen Sie die Arme sinken, blicken Sie vage zur Wand, *vergessen Sie sich*. Singen Sie eine einzige Note, lauschen Sie nach innen. Wenn Sie (aber das wird erst lange danach geschehen) etwas wie eine in Furcht getauchte Landschaft hören, mit Scheiterhaufen zwischen den Steinen, mit halbentblößten kauernden Schemen, glaube ich, daß Sie auf dem rechten Wege sind; desgleichen, wenn Sie einen Fluß hören, den gelb und schwarz bemalte Barken hinabfahren, wenn Sie den Geschmack nach Brot, die Berührung von Fingern, den Schatten eines Pferdes vernehmen.
Kaufen Sie danach Tonleiterübungen und Frack und singen Sie bitte nicht durch die Nase und lassen Sie Schumann in Frieden.

Muster einer Unterweisung in der Form, Furcht zu haben

Auf einem Dorfe in Schottland verkauft man Bücher, die enthalten irgendwo in dem Band verstreut eine weiße Seite. Wenn ein Leser Schlag drei Uhr nachmittags auf jene Seite stößt, so stirbt er.
Auf dem Quirinalsplatz in Rom gibt es einen Punkt, der den Eingeweihten bis ins neunzehnte Jahrhundert bekannt war. Von ihm aus sieht man bei Vollmond die Statuen der Dioskuren sich langsam beleben und mit ihren aufgebäumten Rössern kämpfen.
In Amalfi gibt es dort, wo der Küstenstreifen endet, eine Mole, die geht in das Meer und die Nacht. Weit hinter dem letzten Feuerzeichen hört man einen Hund bellen.
Ein Mann ist im Begriff, Zahnpasta auf die Zahnbürste zu drücken. Plötzlich sieht er das auf dem Rücken liegende verkleinerte Bild einer Frau, aus Koralle oder auch gemalten Brotkrumen.
Beim Öffnen des Kleiderschranks, um ein Hemd herauszunehmen, fällt ein alter Kalender heraus, der sich auflöst, entblättert, die weiße Wäsche mit tausenden schmutziger Papierschmetterlinge bedeckt.
Man weiß von einem Handelsreisenden, dem das linke Handgelenk zu schmerzen begann, gerade unter der Armbanduhr. Als er die Uhr abstreifte, schoß das Blut hervor: die Wunde trug die Spuren einiger sehr feiner Zähne.
Der Arzt hat seine Untersuchung beendet und beruhigt

uns. Seine ernste und herzliche Stimme ist heilsam schon wie jene Arzeneien, für die er jetzt an seinem Tisch das Rezept schreibt. Dann und wann hebt er den Kopf und lächelt uns ermutigend zu. Es ist nichts Ernsthaftes, in einer Woche sind wir wieder wohlauf. Glücklich machen wir es uns in unserem Lehnstuhl bequem und blicken zerstreut in die Runde. Plötzlich sehen wir in dem Halbdunkel unter dem Tisch die Beine des Arztes. Er hat die Hosen bis zu den Oberschenkeln gerafft und trägt Damenstrümpfe.

Unterweisung
im Verständnis dreier berühmter Gemälde

Himmlische und irdische Liebe von Tizian

Dieses abscheuliche Gemälde stellt eine Totenwache an den Ufern des Jordan dar. Selten vermochte das Ungeschick eines Malers niederträchtiger die Hoffnungen der Welt auf einen Messias anzuspielen, der *durch seine Abwesenheit glänzt;* abwesend von dem Bilde, das die Welt ist, glänzt er schrecklich in dem obszönen Gähnen des marmornen Sarkophages, während der Engel, eingesetzt, die Auferstehung seines Schelmenfleisches zu verkündigen, unabdingbar harrt, daß die Zeichen sich erfüllen. Es bedarf wohl keiner Erklärung, daß der Engel die nackte Gestalt ist, welche sich in ihrer himmlisch feisten Leiblichkeit und als Magdalena verkleidet zur Schau stellt, lästerlichste Lästerung zur Stunde, da die wahre Magdalena auf dem Wege fortschreitet (auf dem hingegen die giftige Blasphemie zweier Kaninchen wuchert).
Das Kind, das seine Hand in den Sarkophag taucht, ist Luther, das heißt der Teufel. Von der bekleideten Gestalt hat man gesagt, sie stelle die Glorie in dem Augenblick dar, da sie verkündet, daß alles menschliche Streben in einer Waschschüssel Platz finde; aber sie ist schlecht gemalt und läßt an künstlichen Jasmin oder einen Wetterstrahl aus Grieß denken.

Die Dame mit dem Einhorn von Raffael

Saint-Simon glaubte in diesem Bildnis ein ketzerisches Glaubensbekenntnis zu sehen. Das Einhorn, der Narwal, die obszöne Perle des Medaillons, das sich als Birne ausgibt, und der Blick Maddalena Strozzis starr auf einen Punkt geheftet, wo es Auspeitschungen oder laszive Stellungen geben soll: Raffael Santi log hier seine schrecklichste Wahrheit.
Das heftige Grün des Gesichts der dargestellten Person schrieb man lange Zeit dem Krebsbrand oder der *Frühlingssonnenwende* zu. Das Einhorn, phallische Kreatur, sollte es verderbt haben: in seinem Leibe schlummern die Sünden der Erde. Danach sah man, daß man nur die falschen Schichten der Malerei abzutragen brauchte, welche die drei Erzfeinde Raffaels darauf gelegt hatten: Karl Hog, Vincent Grosjean genannt ›Marmel‹ und Rubens der Ältere. Die erste Schicht war grün, die zweite grün, die dritte weiß. Unschwer entdeckt man hierin das dreifache Symbol des Todesfalters, der an seinem leichenblassen Leibe Flügel trägt, die den Blättern der Rose zum Verwechseln ähnlich sehen. Wie oft brach Maddalena Strozzi eine weiße Rose und spürte, wie sie unter ihren Fingern seufzte, sich wand und schwach nur seufzte wie eine kleine Mandragora oder eine jener Eidechsen, die singen gleich den Leiern, wenn man ihnen einen Spiegel zeigt. Und es war schon Abend und der Falter hatte sie gestochen: Raffael wußte es und fühlte, daß sie sterben werde. Um sie der Wahrheit getreu zu malen, fügte er das Einhorn hinzu – Sinnbild der Keuschheit, Lamm und Narwal

zugleich, das einer Jungfrau aus der Hand trinkt. Aber er malte den Falter in sein Bild, und dieses Einhorn tötete seine Herrin, bohrt sein von Unzucht getriebenes Horn in ihren majestätischen Busen, wiederholt die Tat von allem Anfang an. Was diese Frau in ihren Händen hält, ist die geheimnisvolle Schale, aus der wir unwissentlich getrunken haben, den Durst, den wir an anderen Lippen stillten, den roten milchigen Wein, aus dem die Sterne entspringen, die Würmer und die Eisenbahnstationen.

Bildnis Heinrichs VIII. von England von Holbein

Man hat in diesem Gemälde eine Elefantenjagd, eine Karte von Rußland, das Sternbild der Leier, das Porträt eines als Heinrich VIII. verkleideten Papstes, ein Unwetter auf dem Saragossameer oder jenen güldenen Polypen sehen wollen, der in den Breiten von Java wächst und unter dem Einfluß von Zitrone einmal kurz niest und mit einem kleinen Schnaufer stirbt.
Jede dieser Deutungen berücksichtigt genau die allgemeine Konfiguration des Gemäldes, ob man es in der Ordnung betrachtet, in der es aufgehängt ist, oder mit dem Kopf nach unten oder von der Seite. Die Unterschiede beschränken sich auf Einzelheiten; der Mittelpunkt ist hier wie da GOLD, die Zahl SIEBEN, die in den Teilen Hut und Schnur zu beobachtende AUSTER mit dem PERLENkopf (von den Perlen des Kleides ausstrahlendes Zentrum oder Herzland) und der allge-

meine absolut grüne SCHREI, der aus dem Ganzen hervorsprießt.
Man mache das einfache Experiment, gehe nach Rom, lege die Hand auf das Herz des Königs, und man wird den Ursprung des Meeres begreifen. Noch geringere Mühe macht es, ihm eine brennende Kerze in Höhe der Augen zu nähern; dann wird man sehen, daß *jenes kein Gesicht ist* und der Mond, von Simultaneität geblendet, über einen Grund von Rädchen und durchsichtigen Kugellagern läuft, enthauptet im Gedenken an die Hagiographien. Nicht fehl geht, wer in dieser stürmischen Versteinerung den Kampf von Leoparden sieht. Aber es gibt auch behäbige Elfenbeindolche, Pagen, die sich in weiten Galerien zu Tode langweilen, und ein gewundenes Zwiegespräch zwischen der Lepra und den Hellebarden. Das Reich dieses Mannes ist eine Seite aus dem Geschichtsbuch, aber er weiß es nicht und spielt unlustig mit Handschuhen und Hirschkälbern. Dieser Mann, der dich anblickt, kehrt aus der Hölle zurück; entfern dich von dem Bild und nach und nach wirst du ihn lächeln sehen, denn er *ist hohl*, ist mit Luft gefüllt, hinter der ihn ein paar dürre Hände halten, wie eine Spielkartenfigur, wenn man das Kartenhaus zu stürmen beginnt und alles zittert. Und seine Moral heißt so: »Es gibt keine dritte Dimension, die Erde ist flach, der Mensch ein Kriechtier. Halleluja!« Vielleicht ists der Teufel, der diese Dinge sagt, und du glaubst sie vielleicht, weil sie dir ein König sagt.

Unterweisung
in der Kunst, Ameisen in Rom zu töten

Die Ameisen werden Rom vertilgen, das ist so gut wie sicher. Zwischen den Steinplatten rennen sie; Wölfin, welche Folge von Edelsteinen durchschneidet dir die Kehle? An irgendeiner Seite entspringen die Wasser der Brunnen, die lebendigen Schiefertafeln, die zittrigen Kameen, die mitten in der Nacht Geschichte murmeln, Dynastien und Heldengedenktage. Man müßte das Herz finden, das die Brunnen schlagen macht, um es vor den Ameisen zu beschirmen und in dieser aus Blut gewachsenen, von Füllhörnern wie Hände eines Blinden starrenden Stadt einen Heilsritus zu begründen, damit die Zukunft sich die Zähne an den Bergen wetze, sich sanft und kraftlos schleppe, bar aller Ameisen.
Zuerst wollen wir den Standort der Brunnen ausmachen, was leicht ist, weil auf den farbigen Karten, den Monumentalplänen die Brunnen auch Fontänen und Kaskaden in der Farbe des Himmels haben, man muß sie nur gut suchen und mit einem Blaustift, nicht mit Rotstift umranden, da eine gute Karte von Rom rot wie Rom ist. Auf der Röte Roms wird der Blaustift um jeden Brunnen einen violetten Gürtel legen, und jetzt sind wir sicher, daß wir alle Brunnen haben und das Laubwerk der Wasser kennen.
Schwieriger, entrückter, heimlicher ist die Aufgabe, den opaken Stein zu durchbohren, unter welchem die Adern Mercurii sich schlängeln, mit viel Geduld die Chiffre jedes Brunnen verstehen zu lernen, in Nächten

überschwemmt von Mond eine verliebte Vigilie neben den kaiserlichen Vasen zu wachen, bis aus so vielem grünen Gesäusel, so vielem Brodeln wie von Blumen die Richtungen entspringen, die Zusammenflüsse, *die anderen Straßen*, die lebendigen. Und jetzt nicht schlafen, sondern ihnen mit Haselgerten in Gestalt einer Astgabel, eines Triangels folgen, in jeder Hand zwei Gertlein, ein einziges zwischen den schlaffen Fingern, aber alles das nicht sichtbar für die Karabinieri und die liebenswert argwöhnische Bevölkerung; zum Quirinal gehen, auf den Campidoglio steigen, schreiend über den Pincio laufen, mit einer Erscheinung, reglos wie ein Feuerball, die Ordnung der Piazza della Essedra schrecken und auf die Weise aus den tauben Metallen des Bodens die Nomenklatur der unterirdischen Flüsse ziehen. Und niemanden um Hilfe gebeten, niemals.
Danach wird man sehen, wie in dieser Hand aus enthäutetem Marmor die Adern harmonisch umherschweifen, weil es den Wassern so gefiel, Natur ihr künstliches Spiel trieb, bis sie sich nach und nach nähern, zusammenfließen, sich vereinigen, zu Arterien anwachsen, sich heftig auf den Sternplatz ergießen, wo die Trommel aus flüssigem Glase klopft, die Wurzel fahler Schalen, das tiefe Pferd. Und wir wissen, auf welcher Sohle kalkiger Grotten, zwischen kleinen Lemurenskeletten, das Herz des Wassers seine Zeit schlägt.
Dieses Wissen ist schwer erworben, aber man wird wissen. Alsdann wollen wir die Ameisen töten, die es nach den Brunnen gelüstet, wollen die Stollen weißglühen, die jene schrecklichen Bergleute treiben, um sich dem geheimen Leben Roms zu nähern.

Wir wollen die Ameisen töten, wenn wir ihnen bloß am Hauptbrunnen zuvorkommen. Und wir werden den rachedurstigen Lamien in einem Nachtzug entfliehen: insgeheim glücklich, zusammengepfercht mit Nonnen und Soldaten.

Unterweisung im Treppensteigen

Jedermann wird schon einmal beobachtet haben, daß sich der Boden häufig faltet, dergestalt, daß ein Teil im rechten Winkel zur Bodenebene ansteigt und der darauffolgende Teil sich parallel zu dieser Ebene befindet, um einer neuen Senkrechte Platz zu machen: ein Vorgang, der sich als Spirale oder in gebrochener Linie bis in äußerst unterschiedliche Höhen fortsetzt. Wenn man sich bückt und die linke Hand auf einen der vertikalen Teile, die rechte Hand dagegen auf die entsprechende Horizontale legt, ist man im vorübergehenden Besitz einer Treppenstufe oder Staffel. Jede einzelne dieser, wie man sieht, aus zwei Elementen gebildeten Stufen befindet sich etwas höher und weiter zurück als die vorhergehende, ein Prinzip, das Treppen erst zu Treppen macht, wogegen eine beliebige andere Kombination vielleicht schönere oder malerischere Formen hervorbringen würde, die aber untauglich wären, vom Erdgeschoß zum ersten Stock zu befördern.

Treppen steigt man von vorn, da sie sich von hinten oder von der Seite als außerordentlich unbequem erweisen. Die natürliche Haltung ist der aufrechte Gang; die Arme hängen locker herab; der Kopf ist erhoben, wenngleich nicht dermaßen, daß die Augen beim Gehen die nächst höheren Stufen übersehen; der Atem sei langsam und regelmäßig. Um eine Treppe zu steigen, beginnt man damit, daß man jenen Teil des Körpers hebt, der rechts unten gelegen, fast immer in Schweins- oder Sämischleder gehüllt ist und, außer in Ausnahme-

fällen, genau auf die Stufe paßt. Hat man besagten Teil, den wir der Kürze halber Fuß nennen wollen, auf die erste Stufe gesetzt, zieht man den entsprechenden Teil zur Linken (ebenfalls Fuß genannt, darf aber nicht mit dem vorhergenannten verwechselt werden) nach, hebt ihn in Höhe des Fußes und läßt ihn folgen, bis er sich auf der zweiten Stufe befindet. Ist das geschafft, wird sich der Fuß darauf ausruhen, und auf der ersten wird sich der Fuß ausruhen. (Die ersten Stufen sind stets am schwersten, bis man die erforderliche Koordination erworben hat. Die Namensgleichheit von Fuß zu Fuß macht die Erklärung schwierig. Man achte insbesondere darauf, daß man nicht zur gleichen Zeit den Fuß und den Fuß hebt).
Ist man auf diese Weise zur zweiten Stufe gelangt, genügt es, die Bewegungen in ständigem Wechsel zu wiederholen, bis man das Ende der Treppe vor sich hat. Mühelos bringt man sie hinter sich, indem man ihr mit dem Absatz einen leichten Tritt versetzt, der sie an ihren Platz fesselt, von dem sie sich nicht bewegen wird, bis man wieder hinabsteigt.

Präambel zu der Unterweisung
im Uhraufziehen

Denk daran: wenn man dir eine Uhr schenkt, schenkt man dir eine verteufelte kleine Hölle, eine Kette von Rosen, ein Verlies aus Luft. Man gibt dir nicht bloß die Uhr, alles Gute zum Geburtstag und hoffentlich hast du viel von ihr, denn sie ist ein gutes Fabrikat, eine Schweizer Uhr mit Rubinanker; man schenkt dir nicht bloß jenen kleinen Totenvogel, den du dir ans Handgelenk binden und mit dir herumtragen wirst. Man schenkt dir – unwissentlich, das ist das Schreckliche, unwissentlich – schenkt man dir ein neues gebrechliches und prekäres Stück deiner selbst, etwas, das dein, aber nicht dein Körper ist, das du mit Riemen an deinen Körper binden mußt wie ein sich verzweifelt an dein Handgelenk hängendes Ärmchen. Man schenkt dir die Notwendigkeit, sie alle Tage aufzuziehen, die Verpflichtung sie aufzuziehen, damit sie weiterhin Uhr ist; man schenkt dir die Besessenheit, in den Auslagen der Juwelierläden, durch die Rundfunkzeitansage, beim Telefondienst die genaue Uhrzeit festzustellen. Man schenkt dir die Sorge, sie zu verlieren, die Furcht, daß sie dir gestohlen wird, zu Boden fällt und zerbricht. Man schenkt dir ihre Marke und die Gewähr, daß sie eine bessere Marke ist als andere, man schenkt dir Neigung, deine Uhr mit allen übrigen Uhren zu vergleichen. Nicht dir schenkt man eine Uhr, du bist, was man schenkt, dich bringt man der Uhr zum Geburtstag dar.

Unterweisung im Uhraufziehen

Dort in der Tiefe haust der Tod, aber seien Sie ohne Furcht. Packen Sie die Uhr mit einer Hand, nehmen Sie mit zwei Fingern den Schlüssel der Feder, drehen Sie ihn behutsam. Nun bricht ein anderer Zeitraum an, die Bäume entfalten ihre Blätter, die Boote laufen Regatten, wie ein Fächer füllt die Zeit sich mählich mit sich selbst, und es sprießen aus ihr die Luft, die Brisen der Erde, der Schatten einer Frau, der Duft des Brotes.
Was begehren Sie mehr, was begehren Sie mehr? Binden Sie sie rasch ums Handgelenk, lassen Sie sie in Freiheit schlagen, ahmen Sie sie keuchend nach. Die Furcht macht die Anker rosten, alles, was man erreichen konnte und was man vergaß, zerfrißt nach und nach die Venen der Uhr, macht das kalte Blut ihrer Rubine brandig. Und dort in der Tiefe ist der Tod, wenn wir nicht eilen und zuvorkommen und begreifen, daß es nicht mehr von Belang ist.

SONDERBARE BESCHÄFTIGUNGEN

Blendwerke

Wir sind eine seltsame Familie. In diesem Lande, wo jedermann aus Pflichtbewußtsein oder aus Angabe handelt, freuen uns die ungebundene Beschäftigung, die Aufgabe als solche, die Anstalten, die zu nichts dienen.
Wir haben ein Gebrechen: es mangelt uns an Originalität. Fast alle Taten, zu denen wir uns entschließen, sind von berühmten Vorbildern inspiriert, sind – sagen wir es frei heraus – Kopien. Immer wenn wir etwas Neues anstellen, sind die Anachronismen oder die Überraschungen, die Skandale unvermeidlich. Mein ältester Onkel sagt, wir sind wie die Durchschläge auf Kohlepapier, originalgetreu bis auf die Farbe, das Papier, den Zweck. Meine dritte Schwester vergleicht sich mit der künstlichen Nachtigall von Andersen; ihr romantisches Gebaren macht einem speiübel.
Wir sind eine große Familie und wohnen in der Humboldtstraße.
Wir tun dieses und jenes, aber es ist schwierig, davon zu erzählen, denn die Hauptsache fehlt: die ängstliche Erwartung, mit der wir zu Werke gehen; die Überraschungen, die ungleich wichtiger sind als das Ergebnis; die Mißerfolge, nach denen die ganze Familie wie ein Kartenhaus in sich zusammenfällt, und tagelang hört man nichts weiter als Jammerklagen und Lachsalven. Die Erzählung dessen, was wir so tun, muß einfach lückenhaft bleiben, denn zuweilen sind wir arm oder im Kittchen oder krank, zuweilen stirbt einer oder

(schmerzlich, es zu erwähnen) einer wird abtrünnig, steckt auf oder tritt in die Finanzverwaltung ein. Man darf daraus aber nicht folgern, daß es uns schlecht geht oder daß wir melancholisch sind. Wir wohnen im ›Stillen Ozean‹, wie unser Viertel heißt, und stellen Sachen an, so oft wir können. Wir zählen unter uns viele, die Ideen und Lust haben, sie in die Tat umzusetzen. Der Galgen zum Beispiel. Bis heute sind wir uns nicht einig, wer die Idee zuerst gehabt hat; meine fünfte Schwester beteuert, daß sie von einem meiner leiblichen Vettern stammte, die große Philosophen sind, aber mein ältester Onkel besteht darauf, daß sie ihm gekommen sei, nachdem er eine Räuberpistole gelesen hatte. Im Grunde ist es uns einerlei; was zählt, sind allein die Dinge, die wir tun, und deshalb erzähle ich davon fast ohne Lust und eigentlich bloß, um den Regen dieses leeren Nachmittags nicht so nah zu fühlen.

Das Haus hat einen Vorgarten, eine Seltenheit in der Humboldtstraße. Er ist nicht größer als ein Hof, aber drei Stufen höher als der Bürgersteig, was ihm das stattliche Aussehen einer Plattform gibt, wie geschaffen für einen Galgen. Da das Gitter aus Bruchstein und Eisen ist, kann man arbeiten, ohne daß die Passanten sozusagen in der guten Stube sind; sie können sich an das Gitter stellen und Stunden dort zubringen, das stört uns nicht. »Mit Vollmond fangen wir an«, beschied mein Vater. Am Tage suchten wir bei den Lagern der Avenida Juan B. Justo Hölzer und Eisen, meine Schwestern aber blieben daheim und übten das Geheul der Wölfe, nachdem meine jüngste Tante steif und fest behauptete, daß die Wölfe von Galgen angelockt und gereizt werden, den Mond anzuheulen. Meinen Vettern oblag die Beschaffung von Nägeln und Werkzeug; mein ältester Onkel zeichnete die Pläne, erörterte mit meiner Mutter und meinem Onkel heftig die Vielfalt und Güte der Folterinstrumente. Ich erinnere mich des Endes der Diskussion: sie entschieden sich unwirsch für eine ausreichend hohe Plattform, auf der sie einen Galgen und ein Rad errichten wollten; der Zwischenraum war dazu ausersehen, je nach den Fällen die Folter zu geben oder zu köpfen. Meinen ältesten Onkel dünkte es weit armseliger und mickriger als seine ursprüngliche Idee, aber der geringe Umfang des Vorgartens und die Materialkosten setzen den ehrgeizigen Plänen der Familie allemal Grenzen.

Wir begannen den Bau an einem Sonntagnachmittag, nach den Ravioli. Obgleich wir uns nie darum gekümmert haben, was die Nachbarn denken könnten, war es offensichtlich, daß die paar Zaungäste vermuteten, wir würden unser Haus um ein oder zwei Zimmer erweitern. Der erste, den das verwunderte, war Don Cresta, das Alterchen von gegenüber, und er kam und fragte, wofür die Plattform da gut sein solle. Meine Schwestern stellten sich in eine Ecke des Gartens und stießen einige Wolfslaute aus. Es sammelte sich ein ganzer Haufen Leute an, aber wir arbeiteten weiter und hatten zur Nacht die Plattform und die beiden Treppchen (für den Priester und für den Delinquenten, die nicht zusammen hinaufsteigen dürfen) fertig. Am Montag ging ein Teil der Familie seinen jeweiligen Ämtern und Geschäften nach, da man ja an etwas sterben muß; wir anderen begannen den Galgen aufzurichten, während mein ältester Onkel des Rades wegen alte Zeichnungen zu Rate zog. Sein Gedanke war, das Rad so hoch als möglich auf einer leicht unregelmäßigen Stange anzubringen, beispielsweise einem glatt gehobelten Pappelstamm. Mein zweiter Bruder und meine leiblichen Vettern wollten ihm den Gefallen tun und machten sich mit unserem Lieferwägelchen auf, eine Pappel zu suchen; unterdessen setzten mein ältester Onkel und meine Mutter die Radspeichen in die Nabe, und ich fertigte einen eisernen Reifen an. In jenen Augenblicken ergötzten wir uns über die Maßen: allerorten hörte man hämmern, in der Stube heulten meine Schwestern, die Nachbarn drängten sich am Gitter und tauschten Eindrücke aus, und zwischen dem Blutrot und der Malve der Abenddämmerung stieg das Profil des Galgens empor, und man sah meinen jüngsten Onkel rittlings auf dem Querbalken, um den Haken zu befestigen und die Patentschlingen zu legen.

Als wir so weit gediehen waren, konnte den Leuten von der Straße nicht länger verborgen bleiben, was wir vorhatten, und ein Chor von Protesten und Drohungen beflügelte uns aufs angenehmste, den Tag mit der Errichtung des Rades zu beschließen. Ein paar rabiate Zuschauer hatten meinen zweiten Bruder und meine Vettern daran zu hindern gesucht, den herrlichen Pappelstamm, den sie in unserem Wägelchen gefahren brachten, ins Haus zu schaffen. Einem Überrumpelungsversuch kam die Familie in Verein auf der ganzen Linie zuvor, und diszipliniert zog sie den Baumstamm in den Garten: nebst einem Dreikäsehoch, der sich in den Wurzeln verfangen hatte. Mein Vater persönlich erstat-

tete den verzweifelten Eltern ihren Fratz zurück, indem er ihn höflich über das Gitter reichte; und während sich die Aufmerksamkeit auf dieses rührende Hin und Her konzentrierte, verkeilte mein ältester Onkel mit Hilfe meiner leiblichen Vettern das Rad an einem Ende des Baumstammes und hievte es langsam in die Höhe. Die Polizei kam just in dem Augenblick, als die Familie auf der Plattform versammelt stand und sich über das schmucke Aussehen des Galgens lobend verbreitete. Nur meine dritte Schwester blieb bei der Tür, und ihr oblag es, mit dem Unterkommissär in höchsteigener Person zu reden; es fiel ihr nicht schwer, ihn davon zu überzeugen, daß wir innerhalb unseres Grundstücks und an einem Werke arbeiteten, dem nur der Gebrauch einen verfassungswidrigen Charakter verleihen könnte; das Gemurmel der Nachbarn sei aber Ausgeburt des Hasses und Frucht des Neides. Der Einbruch der Dunkelheit ersparte uns weitere Zeitverluste.
Beim Schein einer Karbidlampe aßen wir auf der Plattform zu Abend, beäugt von einem Schock argwöhnischer Nachbarn; nie dünkte uns das eingepökelte Spanferkel bekömmlicher, schwärzer und süßer nie der Nebiolo-Wein. Ein Lüftchen von Norden schaukelte sanft den Strang des Galgens; ein oder zweimal krächzte das Rad, wie wenn die Raben sich bereits zum Mahl darauf niedergelassen hätten. Die Gaffer begannen abzuwandern, vage Drohungen murmelnd; zwanzig bis dreißig harrten am Gitter hartnäckig aus, die irgendetwas zu erwarten schienen. Nach dem Kaffee löschten wir die Lampe, um dem Mond freie Bahn zu geben, der an dem Säulengeländer der Terrasse emporkletterte; meine

Schwestern jaulten und meine Vettern und Onkel schritten langsam die Plattform auf und ab und brachten mit ihren Tritten die Fundamente zum Zittern. In dem Schweigen, das darauf erfolgte, war der Mond so hoch gekommen, daß er nun in Höhe der Patentschlinge hing, und auf das Rad schien sich eine silbergeränderte Wolke zu strecken. Wir betrachteten sie, so glücklich, daß es eine helle Freude war, aber die Nachbarn murmelten am Gitter, als wären sie einer Enttäuschung nahe. Sie zündeten sich Zigaretten an und gingen von dannen, einige im Pyjama und andere langsamer. Am Ende blieb die Straße, der Pfiff eines Wächters in der Ferne und der Autobus der Linie 108, der alle Naselang vorbeifuhr; wir hatten uns bereits schlafen gelegt und träumten von Festen, Elefanten und Seidenkleidern.

Etikette und Vorzüge

Stets schien mir der beherrschende Zug unserer Familie die feine Zurückhaltung. Unser Schamgefühl geht unglaublich weit, sei es in der Art uns zu kleiden oder zu essen, sei es auch in der Weise, wie wir uns ausdrücken oder in die Straßenbahn steigen. Die Spitznamen zum Beispiel, die in unserem Viertel so gedankenlos verliehen werden, sind für uns ein Gegenstand der Vorsicht, der reiflichen Überlegung, ja der Besorgnis. Es dünkt uns, daß der Beiname nicht gleichgültig ist, wenn ihn sein Besitzer in sich aufnehmen und sein Leben lang wie eine Kennmarke tragen soll. Die Frauen aus der Humboldtstraße rufen ihre Jungen Toto, Coco oder Pepo und ihre Mädchen Spatz oder Schatzilein, aber in unserer Familie existiert dieser geläufige Typ von Kosenamen nicht und erst recht nicht so ausgefallene und überkandidelte Namen wie Rabenaas, Krot oder Schinderhannes, die nach den Vierteln Paraguay und Godoy Cruz zu im Schwange sind. Als ein Beispiel für die Vorsicht, die uns in diesen Dingen leitet, wird es genügen, den Fall meiner zweiten Tante zu zitieren. Sichtlich ist sie mit einem Hintern von imposanten Ausmaßen gesegnet; dennoch hätten wir uns niemals erlaubt, der leichten Versuchung gebräuchlicher Spitznamen nachzugeben; so einigten wir uns, anstatt ihr den brutalen Spitznamen *Etruskische Amphore* zu geben, auf den sehr dezenten und traulichen Beinamen *Riesenarsch*. Immer gehen wir mit gleichem Takte vor, obwohl wir des öfteren mit Nachbarn und Freunden

streiten müssen, die auf den herkömmlichen Spottnamen bestehen. Für meinen jüngsten Vetter zweiten Grades, den ein wahrer Kürbis ziert, lehnten wir stets den Spitznamen *Atlas* ab, den sie ihm in der Bratrösterei an der Ecke gegeben hatten, und ziehen den unendlich delikateren Spitznamen *Pöttchen* vor. Und so immer.
Ich möchte klarstellen, daß wir das nicht tun, um uns von den übrigen Leuten im Viertel zu unterscheiden. Unser Wunsch ist einzig und allein, die eingefleischte Sprechweise und den überkommenen Schlendrian mehr und mehr abzustellen, ohne daß wir irgendeines Gefühle bespötteln. Uns mißfällt die Vulgarität, wie sie sich auch äußert, und es genügt, daß einer von uns in der Kantine Sätze hört wie: »Es war eine Partie von heftiger Gangart« oder »Die Querpässe Faggiolis leisteten eine bemerkenswerte Vorarbeit über die Mittellinie«, damit wir augenblicklich verlauten lassen, wie die korrekte und für den Anlaß rätlichste Formulierung heißt: »Es gab eine Holzerei, sagenhaft« oder »Zuerst haben wir sie fertig gemacht und danach wars ein Schützenfest«. Die Leute schauen uns verwundert an, aber nie fehlt einer, der die in diesen delikaten Sätzen verborgene Lehre beherzigt. Mein ältester Onkel, der die argentinischen Schriftsteller liest, sagt, daß man mit vielen von ihnen etwas Ähnliches machen könnte, aber er hat es uns im einzelnen nie erklärt. Schade.

Post und Telefon

Einmal brachte es ein ganz weit entfernter Verwandter zum Minister. Da bedangen wir uns aus, daß die Familie in beträchtlicher Anzahl beim Postamt in der Serranostraße eingestellt würde. Es war allerdings von kurzer Dauer. Zwei der drei Tage, die wir dort gewesen sind, bedienten wir das Publikum mit unerhörter Geschwindigkeit. Das trug uns den entgeisterten Besuch eines Inspektors von der Hauptpost und lobende Erwähnung in der VERNUNFT ein. Am dritten Tage waren wir unsrer Popularität sicher, denn die Leute kamen bereits aus anderen Vierteln und gaben ihre Briefe bei uns auf und schrieben Postanweisungen nach Purmamarca und anderen gleich albernen Orten. Daraufhin gab mein ältester Onkel das Startzeichen, und die Familie begann je nach Laune und Grundsätzen zu bedienen. Am Schalter für Postwertzeichen verehrte meine zweite Schwester jedem Briefmarkenkäufer einen bunten Luftballon. Eine beleibte Dame empfing ihn als erste; sie stand wie angewurzelt, in der Hand den Luftballon und die bereits befeuchtete Ein-Peso-Marke, die sich nach und nach um ihren Finger rollte. Ein junger Mann mit wallender Mähne lehnte es glattweg ab, seinen Luftballon in Empfang zu nehmen, und meine Schwester wies ihn streng zurecht, während in der Schlange vor dem Schalter widersprüchliche Stimmen laut zu werden begannen. Nebenan bekamen verschiedene Provinzler, die unsinnigerweise einen Teil ihres Lohns ihren Lieben in der Ferne überweisen wollten, mit einigem Erstaunen

ein Gläschen Grappa und dann und wann eine Fleischpastete von meinem Vater gereicht, der ihnen obendrein die trefflichsten Lebensweisheiten des alten Dichters Wollmaus lauthals zum Besten gab. Meine Brüder, denen die Paketabfertigung oblag, schmierten unterdessen die Sendungen mit Teer ein und tauchten sie in einen Eimer voll Federn. Danach präsentierten sie sie dem fassungslosen Kunden und stellten ihm die Freude vor, mit der die Empfänger ihre dergestalt verschönerten Pakete aufnehmen würden. »Keine Spur von Bindfaden«, sagten sie. »Ohne diesen ordinären Siegellack und mit dem Namen des Empfängers, der unter dem Fittich eines Schwans zu prangen scheint, man stelle sich vor.« Nicht alle zeigten sich begeistert, ehrlich gestanden.
Als die Gaffer und Gendarmen in die Schalterhalle drangen, beschloß meine Mutter unsere Vorstellung auf die allerschönste Weise, indem sie über das Publikum einen Schwarm von bunten kleinen Schwalben segeln ließ, die sie aus den Formularen für Telegramme, Postanweisungen und Einschreibbriefe verfertigt hatte. Wir sangen die Nationalhymne und zogen uns in guter Ordnung zurück; ich sah ein kleines Mädchen weinen, das in der Schlange vor dem Briefmarkenschalter an dritter Stelle gestanden hatte und wußte, daß es nun keinen Luftballon mehr bekommen würde.

Verlust und Wiedergewinnung des Haares

Im Kampf wider den Pragmatismus und das gräßliche Zweckdenken verficht mein ältester Vetter das Verfahren, sich ein gutes Haar vom Kopf zu reißen, es in der Mitte zu knoten und sanft durch den Abfluß im Waschbecken fallen zu lassen. Sollte unser Haar in dem Rost hängenbleiben, der gewöhnlich in besagtem Abfluß sitzt, genügt es in der Regel, den Wasserhahn leicht aufzudrehen, damit es sich aus den Augen verliert.
Nun nicht gesäumt und auf der Stelle ans Werk gegangen, um des Haares wieder habhaft zu werden! Der erste Handgriff beschränkt sich darauf, den Geruchsverschluß am Waschbecken zu demontieren, um zu sehen, ob sich das Haar in einer der Runzeln des Abflußrohrs verfangen hat. Findet man es nicht, muß das Rohrstück freigelegt werden, das vom Geruchsverschluß zur Wasserleitung des Hauptabflußrohres führt. Mit Sicherheit werden in diesem Teilstück viele Haare zum Vorschein kommen, und man muß auf die Hilfe der restlichen Familie rechnen, um die Haare nach der Reihe auf den Knoten hin zu untersuchen. Kommt es nicht zum Vorschein, stellt sich das interessante Problem, die Rohrleitung bis zum Erdgeschoß aufzubrechen; das aber bedeutet eine größere Kraftanstrengung, da man acht bis zehn Jahre lang in einem Ministerium oder Handelshaus wird arbeiten müssen, um das Geld zusammenzubringen, das die vier Wohnungen zu kaufen erlaubt, die unter der meines ältesten Vetters gelegen sind, wobei der ungemeine Nachteil ist, daß auch jene acht bis zehn

Jahre Arbeit einem die schmerzliche Wahrnehmung nicht werden ersparen können, daß das Haar nicht mehr in der Leitung ist und nur durch einen unwahrscheinlichen Zufall an einem verrosteten Rohrvorsprung hängen bleibt.

Es kommt der Tag, an dem wir in sämtlichen Wohnungen die Rohre aufbrechen können, und monatelang werden wir zwischen Zubern und anderen mit feuchten Haaren gefüllten Behältern wohnen, von Helfern und Bettlern umgeben, die wir großzügig bezahlen, damit sie suchen, sichten, klassifizieren und uns die fraglichen Haare bringen, um die erwünschte Gewißheit zu erlangen. Ist das Haar nicht darunter, treten wir in ein weit vageres und komplizierteres Stadium ein, weil uns der nun folgende Streckenabschnitt zu den großen städtischen Kloaken führt. Wir kaufen einen Spezialanzug, bewaffnen uns mit einer mächtigen Laterne und einer Gasmaske und lernen, uns in den frühen Morgenstunden durch die unterirdischen Kanäle zu schlängeln, erforschen die kleineren und größeren Stollen, wobei uns womöglich Individuen aus der Unterwelt behilflich sind, mit denen wir Verbindung aufgenommen haben und denen wir einen Großteil des Geldes werden geben müssen, das wir tagsüber in einem Ministerium oder Handelshaus verdienen.

Häufig werden wir den Eindruck haben, endlich am Ziel zu sein, weil wir Haare finden (oder uns Haare gebracht werden), die dem ähneln, das wir suchen; aber da man von keinem Fall weiß, wo ein Haar ohne das Zutun einer menschlichen Hand in der Mitte einen Knoten trägt, stellen wir schließlich fast immer fest, daß der fragliche Knoten eine einfache Verdickung der Haargefäße (obgleich wir von einem solchen Fall genau so wenig wissen) oder der Niederschlag irgendeines Silikats oder Oxyds ist, hervorgerufen durch den langen Aufenthalt an einer feuchten Oberfläche. Auf diese Weise schreiten wir wahrscheinlich verschiedene Streckenabschnitte kleinerer und größerer Kanäle ab, bis wir zu jener Stelle gelangen, wo niemand sich trauen würde, einen Schritt weiter zu gehen: der Hauptkanal, der Richtung auf den Fluß nimmt, die donnernde Vereinigung der Abwässer, in der die Suche fortzusetzen uns nicht Geld, nicht Boot, nicht Bestechung erlauben würden.

Aber davor und vielleicht weit davor, zum Beispiel wenige Zentimeter vom Mundloch des Waschbeckens, in Höhe der Wohnung im zweiten Stock oder in der ersten unterirdischen Rohrleitung kann es geschehen, daß wir das Haar finden. Es genügt, an die Freude zu denken, die jener Fund in uns erregen würde, erschreckt die Kräfte zu veranschlagen, die wir durch pure Gunst des Schicksals gespart, um eine solche Aufgabe zu rechtfertigen, zu wählen, praktisch zu fordern. Jeder gewissenhafte Lehrer müßte seinen Schülern von zartester Kindheit an dazu raten, anstatt ihre Seele mit der Regeldetri oder den trostlosen Reimen des Liedes von der Glocke auszudörren.

Tante in Nöten

Warum haben wir nur eine Tante, die so sehr fürchtet, auf den Rücken zu fallen? Seit Jahren tut die Familie alles, um sie von ihrer Besessenheit zu heilen, aber die Stunde ist gekommen, da wir bekennen müssen, gescheitert zu sein. Was wir auch tun, Tante hat Angst, auf den Rücken zu fallen; und ihr harmloser Wahn greift auf uns alle über, angefangen bei meinem Vater, der sie brüderlich überall begleitet und den Boden mustert, damit Tante unbesorgt gehen kann, während meine Mutter sich die größte Mühe gibt, den Hof mehrmals am Tage zu kehren, meine Schwestern die Tennisbälle aufsammeln, mit denen sie sich auf der Terrasse unschuldig vergnügt haben, und meine Vettern alle Spuren tilgen, die auf die Hunde, Katzen, Schildkröten und Hühner zurückgehen, von denen es im Hause wimmelt. Aber das hilft alles nichts; erst nach langem Schwanken – nachdem sie ihre Augen rastlos hat schweifen lassen und mit barschen Worten jedes Kind anherrschte, das gerade in jenem Augenblick über den Weg läuft – rafft Tante sich auf, ins andere Zimmer zu gehen. Sie setzt sich in Bewegung, wobei sie zuerst einen Fuß aufsetzt und ihn wie ein Boxer in einer Kiste Harz bewegt, danach den anderen; schiebt ihren Körper in einer Weise vorwärts, die uns als Kindern majestätisch vorkam, und braucht mehrere Minuten, um von einer Tür zur anderen zu gehen. Es ist ein Trauerspiel.
Mehrmals hat die Familie von meiner Tante bündig

wissen wollen, warum sie fürchte, auf den Rücken zu fallen. Bei einer Gelegenheit wurde sie mit einem Schweigen bedacht, das man mit einer Sense hätte mähen können; aber eines Nachts, nach ihrem Gläschen Apfelsaft, ließ Tante sich herab, uns anzudeuten, daß, wenn sie auf den Rücken fiele, sie sich nicht wieder erheben könne. Die einfältige Bemerkung, daß zweiunddreißig Familienmitglieder ihr im Augenblick beispringen würden, quittierte sie mit einem matten Blick und zwei Worten: »Ganz gleich«. Ein paar Tage später rief mich mein ältester Bruder nachts in die Küche und zeigte mir eine Schabe, die unter dem Ausguß auf den Rücken gefallen war. Wortlos sahen wir ihrem langen vergeblichen Kampfe zu, sich aufzurichten, während andere Schaben, ihre Scheu vor dem Licht überwindend, auf dem Estrich hin und her liefen und an jene streiften, die in Dorsalstellung dalag. Mit merklicher Melancholie gingen wir zu Bett, und aus dem oder jenem Grunde wurde Tante nie mehr befragt; wir beschränkten uns darauf, ihre Furcht nach Möglichkeit zu lindern, begleiteten sie überall hin, gaben ihr den Arm und kauften ihr eine Menge Schuhe mit gleitfesten Sohlen und anderen haltgebenden Vorrichtungen. Auf diese Weise ging das Leben weiter und war nicht ärger als andere Leben.

Tante eine oder keine Deutung

Mehr oder weniger widmen sich meine vier leiblichen Vettern alle der Philosophie. Sie lesen Bücher, diskutieren untereinander und werden von der übrigen Familie aus gebührender Entfernung bewundert, getreu dem Prinzip, uns in Liebhabereien anderer Menschen nicht einzumischen, sondern sie so gut wie möglich zu begünstigen. Diese Burschen, vor denen ich allen Respekt habe, erörterten mehr als einmal die Furcht meiner Tante und gelangten dabei zu dunklen, aber vielleicht denkwürdigen Schlüssen. Wie es in solchen Fällen zu geschehen pflegt, war meine Tante von diesen Geheimbesprechungen am wenigsten unterrichtet, aber seit der Zeit war die Ehrerbietung der Familie noch größer. Jahrelang haben wir Tante auf ihren schwankenden Expeditionen von der Wohnstube zum Vorsaal, vom Schlafzimmer ins Badezimmer, von der Küche zum Wandschrank begleitet. Nie dünkte es uns unstatthaft, daß sie auf der Seite schlief, an geraden Tagen auf der rechten, an den ungeraden Tagen auf der linken Seite, und die ganze Nacht sich auch nicht einmal bewegte. Auf den Stühlen im Eßzimmer und im Hofe nahm Tante kerzengerade Platz; um nichts in der Welt hätte sie die Bequemlichkeit eines Schaukelstuhls oder eines Armsessels gewilligt. Die Nacht, als der Sputnik kam, warf sich die Familie im Hof auf den Boden, um den Satelliten zu beobachten. Tante aber blieb sitzen und hatte am folgenden Tag einen grausam steifen Hals. Nach und nach ließen wir uns überzeugen, und heute haben wir uns damit abgefunden. Dabei helfen uns meine leiblichen Vettern, die auf die Frage mit verständnisvollen Blicken anspielen und Dinge sagen wie: »Sie hat recht«. Aber weshalb? Wir wissen es nicht, und sie wollen es uns nicht erklären. Mir zum Beispiel scheint es sehr bequem, auf dem Rücken zu liegen. Der ganze Körper ruht auf der Matratze oder den Hofplatten, man fühlt die Fersen, Waden, Muskeln, die Hinterbakken, die Lenden, Schulterblätter, Arme und den Nakken, die sich in das Gewicht des Körpers teilen und es sozusagen auf dem Boden ausbreiten, es so gut und so natürlich jener Oberfläche nähern, die uns gierig anzieht, als wollte sie uns verschlingen. Es ist sonderbar, daß mir die Rückenlage als die natürlichste Stellung gilt, und zuweilen vermute ich, daß meine Tante deshalb davor Angst hat. Ich finde sie vortrefflich und glaube, daß sie im Grunde am bequemsten ist. Gut gesagt: im Grunde, eben nur im Grunde, auf dem Rücken. Es macht mir sogar ein wenig Angst, etwas, das ich nicht zu deuten vermag. Wie gern wäre ich wie sie und kann es ja nicht.

Tigerherberge

Bevor wir noch unsern Einfall verwirklichten, wußten wir längst, daß die Beherbergung von Tigern ein doppeltes Problem stellte; das eine war seelischer, das andere sittlicher Natur. Das erste Problem bezog sich nicht so sehr auf die Beherbergung als auf den Tiger selbst, insofern diese Großkatzen sich nicht gern beherbergen lassen und alle ihre Energien, die gewaltig sind, aufbieten, um Widerstand zu leisten. Genügte es unter solchen Umständen, der Idiosynkrasie besagter Lebewesen die Stirn zu bieten? Aber die Frage brachte uns auf die sittliche Ebene, wo jede Handlung Ursache oder Wirkung sein kann, im Glanz oder schmählich dazustehen. Des Nachts meditierten wir in unserem Häuschen in der Humboldtstraße vor Bergen von Milchreis, die wir mit Zimt und Zucker zu bestreuen vergaßen. Wir waren wahrhaftig nicht sicher, ob wir einen Tiger beherbergen konnten, und das schmerzte uns.

Zu guter Letzt beschloß man, einen unter unser Dach aufzunehmen, weil wir das Triebwerk in all seiner Komplexität beobachten und später die Ergebnisse auswerten wollten. Ich will hier nicht davon reden, wie wir des ersten Tigers habhaft wurden: es war eine subtile und beschwerliche Arbeit, Rennerei auf Konsulate und in Drogerien, eine nicht abreißende Kette von Fahrkarten, Luftpostbriefen und Wörterbuchlektüre. Eines Nachts kamen meine Vettern über und über mit Jod bepinselt: das bedeutete den Erfolg. Wir tranken so viel Nebiolo, daß meine jüngste Schwester schließlich den Tisch mit der Harke abräumte. Dazumal waren wir noch jünger.

Nun, da das Experiment die bekannten Resultate gezeitigt hat, kann ich von der Beherbergung Einzelheiten mitteilen. Am schwierigsten vielleicht ist alles das, was mit der Umgebung zu tun hat, da man ein Zimmer mit einem Minimum an Möbeln benötigt, und das findet man in der Humboldtstraße selten. In der Mitte bringt man die Vorrichtung an: zwei Bretter über Kreuz, eine Garnitur geschmeidiger Gerten und einige Krüge Milch und Wasser. Die Beherbergung eines Tigers ist nicht gar so schwierig, obgleich es geschehen kann, daß das Unternehmen fehlschlägt und man es wiederholen muß; die wahre Schwierigkeit beginnt in dem Augenblick, da der schon wohnhafte Tiger die Freiheit wieder erlangt und sich – auf vielerlei mögliche Art und Weise – dafür entscheidet, sich ihrer zu bedienen. In diesem Stadium, daß ich Zwischenstadium nennen will, sind die Reaktionen meiner Familie von grundlegender Bedeutung; alles hängt davon ab, wie sich meine Schwestern aufführen, alles hängt von der Geschicklichkeit meines Vaters ab, mit der er den Tiger wieder einbringt, indem er ihn höchstens wie ein Töpfer seinen Ton behandelt. Der geringste Fehlgriff wäre die Katastrophe, die Sicherungen durchgebrannt, die Milch auf dem Boden, das Schrecknis einiger phosphoreszierender Augen, die das Dunkel durchbohren, die lauen Fontänen bei jedem Tatzenhieb; ich sträube mich, es mir auch nur vorzustellen, zumal wir den Tiger bis jetzt ohne gefährliche Folgen beherbergt haben. Sowohl die Vorrichtung wie die verschiedenen Funktionen, die wir alle erfüllen müssen, vom Tiger bis zu meinen Vettern zweiten Grades, scheinen wirksam und äußern sich harmonisch. Für uns ist die bloße Tatsache, den Tiger zu beherbergen, ohne Bedeutung, wichtig ist, daß die Zeremonie bis zum Schluß nach Programm verläuft. Es ist notwendig, daß der Tiger in die Beherbergung einwilligt, sei es auch in der Weise, daß seine Einwilligung oder seine Ablehnung der Bedeutung ermangeln. In Augenblicken, die kritisch zu nennen sich jemand versucht fühlen könnte – vielleicht wegen der zwei Bretter, vielleicht als bloßen Gemeinplatz –, fühlt die Familie sich von grenzenloser Begeisterung gepackt; meine Mutter verbirgt die Tränen nicht, und meine leiblichen Vettern verschränken und lösen wie im Krampf die Finger. Den Tiger zu beherbergen, hat etwas von einer totalen Begegnung, von Alienation angesichts eines Absoluten; das Gleichgewicht hängt von so wenig ab, und wir zahlen dafür einen so hohen Preis, daß die kurzen Augenblicke, die der Herberge folgen und über ihre Vollendung entscheiden, uns wie aus uns selbst reißen, uns mit der Tigerheit und der Menschheit in einer einzigen unbewegten Bewegung randvoll füllen, die Taumel, Pause und Erfüllung ist. Es gibt nicht Tiger, nicht Familie, nicht Obdach. Niemand vermag zu wissen, was es gibt: ein Zittern, das nicht von diesem Fleische ist, eine Herzzeit, eine Kontaktsäule. Und danach gehen wir alle in den überdachten Hof und unsere Tanten tragen die Suppe auf, wie wenn etwas sänge, wie wenn wir auf einer Taufe wären.

Über den Umgang mit Leichen

Wir gehen nicht des Anis wegen, noch weil man gehen muß. Man wird es sich schon denken: wir gehen, weil wir die abgefeimten Masken der Heuchelei nicht ertragen können. Meine älteste Base zweiten Grades pflegt sich jedesmal zu vergewissern, wie es um die Trauer bestellt ist; und weint man wahrhaftig, weil Weinen das einzige ist, was jenen Männern und Weibern zwischen dem Duft nach Narden und Kaffee bleibt, dann bleiben wir daheim und begleiten sie in Gedanken. Höchstens geht meine Mutter auf einen Sprung und kondoliert im Namen der Familie; es widerstrebt uns, unser fremdes Leben dreist in jenes Zwiegespräch mit dem Schatten zu drängen. Wenn aber die bedächtigen Nachforschungen meiner Base den Verdacht nähren, daß man in einem überdachten Hof oder in einem Zimmer die Dreifüße des Liebeshandels aufgestellt hat, dann legt die Familie ihre besten Kleider an, wartet, bis das Leichenbegängnis auf dem Höhepunkt ist, und geht und präsentiert sich kurz, aber unerbittlich.
In unserem Viertel geht es fast immer in einem Hofe mit Blumentöpfen und Radiomusik vor sich. Bei solchen Anlässen verstehen sich die Nachbarn sogar dazu, das Radio abzustellen, und es bleiben nur, in stetem Wechsel an den Wänden, Jasmine und Verwandten. Wir kommen einzeln oder zu zweit, begrüßen die Hinterbliebenen, die man leicht erkennt, weil sie weinen, sobald sie jemanden eintreten sehen, und neigen uns, von irgendeinem nahen Verwandten eskortiert, vor dem

Verstorbenen. Ein bis zwei Stunden darauf befindet sich die ganze Familie in dem Sterbehause, aber obgleich uns die Nachbarn gut kennen, verhalten wir uns, als wäre jeder für sich gekommen, und reden kaum untereinander. Eine präzise Methode leitet unsere Handlungen, wählt die Gesprächspartner aus, mit denen man in der Küche, unter dem Orangenbaum, in den Schlafzimmern, im Korridor plaudert; und von Zeit zu Zeit geht man hinaus in den Hof oder auf die Straße, um zu rauchen, oder man macht die Runde ums Viereck und tauscht über Politik und Sport Meinungen aus. Es dauert gar nicht lange, und wir haben die Gefühle der engsten Anverwandten sondiert, die Gläschen Zuckerschnaps, der süße Matetee und schlüpfrige Reden sind die Brücke zum Vertrauen; noch vor Mitternacht sind wir sicher, daß wir uns ohne Gewissensbisse ans Werk machen können. Im allgemeinen übernimmt meine jüngste Schwester den ersten Einsatz. Geschickt postiert sie sich zu Füßen des Sarges, verhüllt sich die Augen mit einem veilchenfarbenen Taschentuche und hebt an zu weinen, weint anfangs still vor sich hin, das Taschentuch fast unglaublich in Tränen ertränkend, schluckt dann und seufzt, und schließlich befällt sie ein schreckliches Schluchzen, das die Nachbarinnen nötigt, sie zu dem für diese Vorfälle gerüsteten Bett zu bringen, an Orangenblütenwasser riechen zu lassen und zu trösten, während andre Nachbarinnen sich der nahen Verwandten annehmen, die von der Tränenkrise jäh ergriffen sind. Eine Zeitlang setzt es einen Haufen Leute an der Tür zur Totenkammer, Fragen und Auskünfte in leiser Stimme, Achselzucken seitens der

Nachbarn. Just in dem Augenblick, wo die Verwandten in ihren Anstrengungen, die alle ihre Kräfte forderten, erschöpft nachlassen, setzen meine drei Basen zweiten Grades ein. Sie weinen kunstlos, klaglos, aber so erschütternd, daß Nachbarn und Verwandte es ihnen gleich zu tun verlangen, weil sie begreifen, daß man unmöglich verschnaufen kann, während Fremde aus dem anderen Häuserblock sich derartig grämen, und abermals schließen sie sich der allgemeinen Wehklage an, abermals muß man in den Betten Platz schaffen, muß Matronen unehrbar entblößen, von Krämpfen geschüttelten Greisen den Gürtel lockern. Meine Brüder und ich warten regelmäßig auf diesen Moment, um in den Totenraum zu treten und uns neben den Sarg zu stellen. So seltsam es scheinen mag, sind wir wirklich von Gram erfüllt: nie können wir unsere Schwestern weinen hören, ohne daß uns grenzenloser Kummer die Brust beklemmt und die Erinnerung an Bilder aus der Kindheit weckt, an ein paar Felder nahe Villa Albertina, an eine Trambahn, die in Banfield quietschend um die Kurve der General-Rodríguez-Straße fuhr, an Dinge dieser Art und stets so traurig. Wir brauchen nur die gekreuzten Hände des Verewigten zu sehen, und schon übermannt uns ein Schluchzen, daß wir uns beschämt das Gesicht bedecken müssen: fünf Männer, die bei der Totenfeier ehrlich weinen, während die Verwandten verzweifelt alle Kräfte zusammennehmen, es uns gleich zu tun, fühlen sie doch, daß sie – koste es was es wolle – beweisen müssen, daß die Totenfeier ihre Feier ist und nur sie das Recht haben, in jenem Hause derartig zu weinen. Aber sie sind schwach an Zahl und heucheln (das wissen wir von meiner ältesten Base zweiten Grades, und das gibt uns Kräfte). Vergebens schlucken sie und fallen von einer Ohnmacht in die andere, umsonst stehen ihnen treue Nachbarn mit Trost und Ratschluß bei, schleppen und tragen sie, damit sie sich erholen und wieder in den Wettstreit stürzen können. Meine Eltern und mein ältester Onkel lösen uns jetzt ab. Es liegt etwas Respektgebietendes in dem Schmerz dieser alten Leute, die aus der Humboldtstraße gekommen sind, fünf Häuserblöcke weit, von der Ecke an gerechnet, um dem Verblichenen die letzte Ehre zu erweisen. Die verständigsten Nachbarn verlieren allmählich an Boden, lassen die Verwandten fallen, gehen in die Küche, trinken Grappa und sagen ihre Meinung; von anderthalb Stunden ununterbrochenen Schluchzens erschöpft, sinken einige Verwandten röchelnd in Schlaf. Wir wechseln uns planmäßig ab, ohne daß jedoch der Eindruck entsteht, als sei es vorher abgesprochen; vor sechs Uhr früh sind wir die unbestrittenen Herren der Leichenfeier; die Mehrzahl der Nachbarn ist nach Hause und schlafen gegangen, die Verwandten liegen, eine einzige Geschwulst, die Kreuz und Quer; im Hofe dämmert der Morgen. Um diese Stunde bereiten meine Tanten in der Küche einen herzhaften Imbiß, wir trinken kochendheißen Kaffee, schauen uns strahlend an, wenn wir uns auf dem Korridor oder in den Schlafkammern über den Weg laufen; wie die Ameisen eilen wir hin und her, reiben im Vorbeigehen die Fühler aneinander. Wenn der Leichenwagen kommt, sind die Maßnahmen getroffen. Meine Schwestern schleppen die Verwandten an, sich von dem

Verstorbenen zu verabschieden, ehe der Sarg geschlossen wird, stützen und trösten sie, während meine Basen und Brüder sich Schritt für Schritt nach vorn schieben, bis sie jene beiseite gedrängt, das letzte Lebewohl abgekürzt haben und allein bei dem Toten bleiben. Ergeben, verstört lassen die Verwandten, die vage begreifen, aber keiner Regung mächtig sind, alles mit sich geschehen, sie trinken, gleichgültig, was man ihren Lippen nähert, und protestieren hin und wieder zage gegen die innige Fürsorge meiner Basen und Schwestern. Wenn es Zeit ist, uns auf den Weg zu machen, und das Haus von Verwandten und Freunden wimmelt, bestimmt eine unsichtbare, aber reibungslose Organisation jede Bewegung, der Beerdigungsunternehmer befolgt die Anordnungen meines Vaters, der Abtransport des Sarges geht nach den Weisungen meines ältesten Onkels vonstatten. Bisweilen erdreisten sich jene Verwandten, die in letzter Minute gekommen sind, und verlangen laut ihr Recht; die Nachbarn aber, die längst überzeugt sind, das alles ist, wie es sein muß, betrachten sie empört und heißen sie schweigen. In dem Trauerwagen installieren sich meine Eltern und Onkel, meine Brüder steigen in den zweiten, und meine Basen lassen sich, in große schwarze und maulbeerfarbene Umhängetücher gehüllt, im dritten Wagen nieder und sind so gnädig, einen der Verwandten mitzunehmen. Der Rest steigt ein, wo er kann, und es gibt Verwandte, die ein Taxi rufen müssen. Und wenn der eine und der andere, von Morgenluft und langem Anmarsch durchgefroren, in der Nekropolis zurückzuerobern sucht, was er an Boden verlor, ist seine Enttäuschung bitter. Kaum kommt die Lade in die Aufbahrungshalle, umringen meine Brüder den von der Familie oder Freunden des Verblichenen bestimmten Redner, den man leicht an seiner würdevollen Miene und dem Röllchen erkennt, das ihm die Jackentasche bauscht. Sie drücken ihm die Hände, nässen seine Rockaufschläge mit ihren Tränen, klopfen ihm mit einem weichen Tapiokamehl-Laut auf die Schulter, und der Redner kann nicht hindern, daß mein jüngster Onkel auf die Tribüne klimmt und die Ansprachen mit einer Rede eröffnet, die stets ein Muster an Wahrhaftigkeit und Takt ist. Sie dauert drei Minuten, nimmt ausschließlich auf den Verstorbenen Bezug, zählt seine Tugenden auf und nennt seine Fehler bei Namen, ohne je die Menschlichkeit aus seinen Worten zu verbannen; er ist zutiefst bewegt, so daß er manchmal abbrechen muß. Kaum ist er abgetreten, besetzt mein ältester Bruder die Tribüne und übernimmt die Lobrede in Namen der Nachbarschaft, während der dazu bestimmte Nachbar sich zwischen meinen Basen und Schwestern durchzuzwängen versucht, die weinend an seinen Rockschößen hängen. Eine stumme, aber gebieterische Gebärde meines Vaters bringt Leben in das Personal des Beerdigungsunternehmens; ganz sanft macht sich der Katafalk davon, und die offiziellen Redner bleiben am Fuße der Tribüne zurück, sehen sich an und zerknüllen ihre Reden zwischen ihren feuchten Händen. In der Regel ersparen wir uns, den Toten bis zur Gruft oder ans Grab zu geleiten, sondern machen auf halbem Wege kehrt, gehen alle gemeinsam fort und äußern uns zu dem Verlauf der Trauerfeier. Von ferne sehen wir, wie die Verwandten verzweifelt laufen, um einen der Stricke vom Sarg zu erwischen, und mit den Nachbarn raufen, die sich inzwischen der Stricke bemächtigt haben und sie lieber selbst tragen als den Verwandten überlassen wollen.

PLASTISCHES MATERIAL

Büroarbeiten

Meine brave Sekretärin gehört zu denen, die ihren Beruf wörtlich nehmen, und man weiß schon, was das bedeutet: sie schlägt sich zum Feinde, sucht fremde Reviere heim, taucht alle fünf Finger ins Milchglas, um ein lächerliches Härchen herauszufischen.

Meine brave Sekretärin befaßt sich oder möchte sich mit allem befassen, was in meinem Büro vorfällt. Unser Tageslauf ist ein herzlicher Kleinkrieg um Befugnisse, lächelnd legen wir Minen und Gegenminen, machen Ausfälle und vollziehen Rückzüge, arretieren uns gegenseitig und kaufen uns wieder los. Aber sie hat für alles Zeit, sucht nicht allein sich des Büros zu bemächtigen, sondern ihre Pflichten peinlich genau zu erfüllen. Die Wörter zum Beispiel, es vergeht kein Tag, an dem sie sie nicht aufpoliert, stutzt, ins rechte Schubfach stellt und sie für ihre täglichen Verpflichtungen putzt und herrichtet. Wenn mir ein entbehrliches Adjektiv über die Lippen kommt – denn alle Adjektive entstehen außerhalb der Sphäre meiner Sekretärin und in gewissem Sinne auch meiner eigenen –, gleich ist sie mit einem Bleistift bei der Hand, schnappt es und macht ihm den Garaus, ohne ihm Zeit zu lassen, mit dem übrigen Satz zu verwachsen und aus Versehen oder Gewohnheit zu überleben. Wenn ich sie gewähren ließe, wenn ich sie in eben diesem Augenblick gewähren ließe, würde sie – fuchsteufelswild – diese Blätter in den Papierkorb werfen. Sie ist so fest entschlossen, daß ich ein geordnetes Leben führen soll, daß sie bei der geringsten unvorhergesehenen Bewegung in die Höhe fährt, ganz Ohr, gereckter Schwanz, zitternd wie ein Draht im Winde. Ich muß mich verstellen und unter dem Vorwand, daß ich einen amtlichen Bericht abfasse, ein paar Blättchen rosafarbenen oder grünen Papiers mit den Wörtern füllen, die mir Spaß machen, Wörter mit ihren Spielen und Sprüngen und ihren wütenden Querelen. Meine brave Sekretärin besorgt unterdessen das Büro, dem Anschein nach zerstreut, dabei aber sprungbereit. Mitten in einem Verse, der so froh zur Welt kam, der Arme, höre ich sie ihr gräßliches Zensurgeschrei erheben, und daraufhin jagt mein Stift über die verbotenen Wörter, streicht sie hastig aus, ordnet die Unordnung, fixiert, säubert und setzt Glanzlichter, und was bleibt, ist vermutlich sehr gut, aber diese Traurigkeit, dieser Geschmack nach Verrat auf der Zunge, diese Miene: ganz Chef mit seiner, braven, Sekretärin.

Wunderbare Beschäftigungen

Wie wunderbar ist die Beschäftigung, einer Spinne ein Bein auszureißen, es in einen Umschlag zu tun, ›Herrn Außenminister‹ zu schreiben, die Anschrift dazu, die Treppe hinabzuspringen, den Brief im Postamt an der Ecke aufzugeben.
Wie wunderbar ist die Beschäftigung, über den Boulevard Arago zu flanieren und die Bäume zu zählen, wobei man an jedem fünften Kastanienbaum einen Augenblick auf einem Bein stehen bleibt und wartet, daß jemand aufschaut, und dann einen kurzen trockenen Schrei ausstößt und sich wie ein Kreisel dreht, die Arme weit von sich gestreckt, gleich dem Cakuy-Vogel, der im Norden Argentiniens auf den Bäumen hockt und klagt.
Wie wunderbar ist die Beschäftigung, ein Café zu betreten und um Zucker, abermals um Zucker, drei oder vier Mal um Zucker zu bitten und nach und nach in der Mitte des Tisches einen Hügel zu bilden, während an der Theke und unter den weißen Schürzen der Zorn schwillt; dann spuckt man ganz sanft aber genau in die Mitte des Zuckerberges und verfolgt den Abstieg des kleinen Speichelgletschers, hört dazu das Geräusch zerbrechender Steine, das sich den zugeschnürten Kehlen von fünf Stammgästen und dem Wirt entringt, einem zu Zeiten ehrlichen Manne.
Wie wunderbar ist die Beschäftigung, den Omnibus zu nehmen, vor dem Ministerium auszusteigen, sich Eingang zu verschaffen, indem man mit frankierten Brief-

couverts Schläge austeilt, den letzten Sekretär hinter sich zu lassen und bestimmt und ernst das große Spiegel-Kabinett gerade in dem Augenblick zu betreten, da ein blaubetuchter Amtsbote dem Minister einen Brief überreicht und man ihn den Umschlag mit einem Brieföffner von historischem Wert öffnen, zwei delikate Finger hineinstecken, das Spinnenbein entnehmen, es unverwandt anstarren sieht; darauf ahmt man das Gesumm einer Fliege nach und sieht, wie der Minister erbleicht, das Bein wegwerfen möchte, aber nicht kann, denn das Bein hält ihn, und man kehrt ihm den Rücken und geht pfeifend hinaus, kündigt auf den Gängen den Rücktritt des Ministers an und weiß, daß am folgenden Tage die feindlichen Truppen eintreffen werden und alles zum Teufel gehen und es ein Donnerstag eines ungeraden Monats eines Schaltjahres sein wird.

Vietato introdurre biciclette

In den Banken und Handelshäusern dieser Welt schert sich kein Mensch auch nur im geringsten darum, ob jemand mit einem Kohlkopf unterm Arm oder einem Tukan eintritt oder ob ihm die Lieder, die ihn seine Mutter lehrte, nur so von den Lippen perlen oder ob einer einen Schimpansen im gestreiften Trikot an der Hand führt. Aber kaum tritt ein Mensch mit einem Fahrrad ein, erhebt sich ein wilder Aufruhr, und das Vehikel wird gewaltsam auf die Straße verwiesen, während sein Besitzer von den Angestellten des Hauses heftige Vorhaltungen einstecken muß.
Für ein Fahrrad – gelehriges Wesen von bescheidenem Betragen – stellt die Existenz von Schildern, die ihm hochmütig vor den schönen Glastüren der Stadt Halt gebieten, eine Demütigung und Verunglimpfung dar. Man weiß, daß die Fahrräder mit allen Mitteln versucht haben, ihre traurige soziale Stellung zu verbessern. Aber in allen Ländern der Erde ist ausnahmslos das *Betreten mit Fahrrädern verboten*. Einige setzen hinzu: ›und Hunden‹ und bestärken damit Fahrräder und Hunde in ihrem Minderwertigkeitskomplex. Eine Katze, ein Kaninchen, eine Schildkröte kann im Prinzip bei Rothschild & Co. oder in die Büros der Staranwälte eintreten, ohne mehr als Überraschung, großes Entzücken bei ängstlichen Telefonistinnen zu erregen; höchstens beordert man den Portier, obengenannte Tiere auf die Straße zu setzen. Letzteres kann geschehen, ist aber nicht demütigend, weil es erstens nur eine

unter vielen Wahrscheinlichkeiten darstellt und ferner, weil es als Wirkung einer Ursache und nicht aus kalter prästabilierter Machination erfolgt, schauderhaft in Druckbuchstaben auf Emaille- oder Bronzeplatten, ehernen Gesetzes Tafeln, die der schlichten Spontaneität der Fahrräder, dieser unschuldigen Geschöpfe, den Garaus machen.

Auf jeden Fall, seid auf der Hut, Geschäftsführer! Auch die Rosen sind harmlos und sanft, aber ihr wißt vielleicht, daß in einem Kriege zweier Rosen Prinzen, die wie schwarze Strahlen waren, blind vor Blütenblättern Blutes starben. Es sollte nicht dahin kommen, daß die Fahrräder eines Tages von Dornen starrend erscheinen, daß ihre Lenkstangen wachsen und aufsässig werden, daß sie, eine wutgepanzerte Legion, wider die Scheiben der Versicherungsgesellschaften anrennen und der Schwarze Freitag mit einem allgemeinen Börsenkrach endet, mit vierundzwanzigstündiger Trauer, postalisch entbotenem Beileid.

Das Betragen der Spiegel auf der Osterinsel

Wenn man einen Spiegel im Westen der Osterinsel aufstellt, geht er nach. Stellt man einen Spiegel im Osten der Osterinsel auf, geht er vor. Mit Hilfe gewissenhafter Messungen kann man den Punkt ausmachen, wo der Spiegel auf die Stunde genau steht, aber der für jenen Spiegel zutreffende Punkt ist keine Garantie für andere Spiegel, denn sie leiden an verschiedenen Kinderkrankheiten und reagieren ganz nach Belieben. So sah der Anthropologe und Stipendiat der Guggenheim-Foundation Salomon Lemos sich selbst an Typhus gestorben, als er in seinen Rasierspiegel schaute, all dies im Osten der Insel. Zur gleichen Zeit spiegelte ein kleiner Spiegel, den er im Westen der Insel vergessen hatte (er war zwischen die Steine gefallen), Salomon Lemos wider, wie er in kurzen Hosen zur Schule geht, dann, wie er als Nackedei in der Badewanne sitzt und von Papa und Mama mit Begeisterung eingeseift wird, danach, wie er auf einem Landsitz in der Gegend von Trenque Lauquen aus Rührung über seine Tante Remeditos Eia sagt.

Möglichkeiten der Abstraktion

Ich arbeite seit Jahren in der Unesco und anderen internationalen Behörden. Trotzdem habe ich mir einen Sinn für Humor und insbesondere eine beachtliche Abstraktionsfähigkeit bewahrt. Wenn mir nämlich ein Typ nicht gefällt, kostet es mich nur den Entschluß, und schon ist er von der Landkarte radiert, und während er redet und redet, bin ich längst in Melville, und der Ärmste glaubt, ich höre ihm zu. Auf die gleiche Art und Weise kann ich, wenn mir ein Mädchen gefällt, sein Kleid abstrahieren, so wie es mir unter die Augen getreten ist, und während es mir sagt, wie kalt es diesen Morgen ist, bewundere ich minutenlang seinen allerliebsten Nabel. Zuweilen ist meine Fertigkeit beinah gesundheitsschädlich.
Vergangenen Montag waren es die Ohren. Kurz vor Dienstbeginn war die Zahl der Ohren, die sich in der Eingangshalle drängten, ganz außerordentlich. In meinem Büro traf ich sechs Ohren an; mittags in der Kantine gab es weit über fünfhundert, in Doppelreihen symmetrisch angeordnet. Es war unterhaltsam zu beobachten, wie sich dann und wann zwei Ohren erhoben, aus der Reihe traten und sich entfernten. Sie erinnerten an Flügel.
Am Dienstag wählte ich etwas, das, wie ich vermeinte, weniger häufig war: die Armbanduhren. Ich täuschte mich, denn unter Mittag konnte ich rund zweihundert Uhren sehen, die über den Tischen vor und zurückflogen, eine Bewegung, die besonders an die Weise denken

ließ, in der man ein Beefsteak zerschneidet. Am Mittwoch gab ich (mit einigem Widerstreben) etwas Wesentlicherem den Vorzug und erkor die Knöpfe. Welch ein Schauspiel! Die Luft in der Eingangshalle war von Fischschwärmen mit trüben Augen erfüllt, die sich waagerecht fortbewegten, während an den Seiten jedes kleinen horizontalen Geschwaders zwei, drei oder vier Knöpfe wie ein Pendel auf und nieder schwebten. Im Fahrstuhl konnte buchstäblich kein Knopf mehr zu Boden fallen: hunderte von Knöpfen, die sich in dem schrecklichen kristallförmigen Würfel nicht oder so gut wie gar nicht bewegten. Ich sehe noch (es war Nachmittag) ein Fenster gegen den blauen Himmel vor mir. Acht rote Knöpfe zeichneten eine feine Vertikale, und hie und da bewegten sich ein paar kleine perlmuttfarbene und heimliche Scheiben. Jene Frau mußte sehr schön sein.
Der Mittwoch war Aschermittwoch. An diesem Tage schienen mir die Verdauungsvorgänge eine treffliche Illustration jenes Zustands. Ich sah daher um halb zehn angewidert der Ankunft von hunderten von Magensäkken zu, prallvoll mit einem gräulichen Brei, der ein Mischmasch aus Kornflakes, Milchkaffee und Hörnchen darstellte. In der Kantine sah ich, wie eine Apfelsine sich in zahllose Schnitzel zerteilte, die in einem bestimmten Augenblick ihre Form verloren und der Reihe nach herabsanken, bis sie in gewisser Höhe einen weißlichen Niederschlag bildeten. In diesem Zustand durchlief eine Apfelsine den engen Gang, stieg vier Stockwerke tiefer und kam, nachdem sie ein Büro betreten hatte, an einem Punkt zum Stillstand, der zwi-

schen den beiden Armen eines Sessels gelegen war. Etwas weiter weg sah man einen Viertelliter starken Tees in ähnlicher Ruhestellung. Nebenbei (meine Abstraktionsfähigkeit pflegt sich willkürlich zu äußern) konnte ich die drollige Beobachtung machen, wie ein Mundvoll Rauch eine senkrechte Säule bildete, sich in zwei durchsichtige Luftblasen aufteilte, abermals die Röhre emporstieg und sich danach mit einer anmutigen Spirale in barocker Manier verflüchtigte. Später (ich saß in einem anderen Büro) fand ich einen Vorwand, um die Apfelsine, den Tee und den Rauch noch einmal zu besichtigen. Aber der Rauch war verschwunden, und an Stelle der Apfelsine und des Tees gab es zwei widerwärtige gewundene Schläuche. Selbst die Abstraktion hat ihre unangenehme Seite; ich grüßte die beiden Schläuche und kehrte in mein Büro zurück. Meine Sekretärin weinte; sie hatte gerade meinen Entlassungsbescheid gelesen. Um sie zu trösten, beschloß ich, sie von ihren Tränen zu abstrahieren, und eine Weile ergötzte ich mich an jenen kristallklaren Miniaturbrunnen, die in der Luft entstanden und sich auf den Aktendeckeln, dem Löschpapier und dem Amtsblatt niederschlugen. Von derlei Schönheiten ist das Leben voll.

Tageblattes Tageslauf

Ein Herr steigt in die Straßenbahn, nachdem er sich die Tageszeitung gekauft und unter den Arm geklemmt hat. Eine halbe Stunde später steigt er mit derselben Zeitung unter demselben Arm aus.
Aber es ist nicht mehr dieselbe Zeitung, jetzt ist es ein Packen bedruckter Blätter, den der Herr auf einer Bank am Marktplatz liegen läßt.
Kaum bleibt der Packen bedruckter Blätter allein auf der Bank, verwandelt er sich abermals in eine Zeitung, bis ein Junge sie erblickt, liest und, in einen Packen bedruckter Blätter verwandelt, liegen läßt.
Kaum bleibt der Packen bedruckter Blätter auf der Bank allein, verwandelt er sich abermals in eine Zeitung, bis eine Greisin sie findet, liest und in einen Pakken bedruckter Blätter verwandelt. Darauf macht sie sich mit ihm auf den Heimweg und verwendet ihn unterwegs, um ein halbes Kilo Mangold darin einzuwikkeln, denn dazu dienen Zeitungen nach diesen erregenden Metamorphosen.

Kleine Geschichte die veranschaulichen soll
wie ungesichert die Stabilität ist in der wir zu
existieren glauben
oder dich möcht ich sehen wenn die Gesetze
Ausnahmen, Zufälle oder
Unwahrscheinlichkeiten gestatten könnten

Vertraulicher Bericht CVN/475a/w
des Sekretärs der OCLUSIOM *an
den Sekretär der* WERPERTUIT

. . . furchtbares Durcheinander. Alles ging vortrefflich und nie gab es Schwierigkeiten mit den Satzungen. Jetzt entschließt man sich plötzlich, das Exekutivkomitee zu einer Sondersitzung zusammenzurufen, und die Schwierigkeiten nehmen ihren Anfang. Sie werden schon sehen, was für unerwartete Klemmen da auftreten. Vollkommene Bestürzung in den Reihen der Mitglieder. Ungewißheit hinsichtlich der Zukunft. Das Komitee ist nämlich zusammengetreten und schreitet zur Wahl der neuen Vorstandsmitglieder, die an die Stelle der sechs ehemaligen Mitglieder treten sollen, welche unter tragischen Umständen ums Leben kamen, als der Hubschrauber, in dem sie über Land flogen, ins Wasser stürzte und die Schwester im Kreiskrankenhaus ihnen allen irrtümlich Sulfonamidspritzen in einer Dosis verabreichte, die für den menschlichen Organismus unverträglich ist. Das Komitee, das sich aus dem einzigen überlebenden ordentlichen Mitglied (eine Erkältung hatte ihn an dem Unglückstage ans Haus gefesselt) und sechs Stellvertretenden Mitgliedern zusammensetzt, ist also versammelt und schreitet zur Abstimmung über die Kandidaten, die von den verschiedenen Mitgliedsstaaten der Oclusiom vorgeschlagen werden. Einstimmig wird Herr Felix Voll gewählt (Beifall). Einstimmig wird Herr Felix Romero gewählt (Beifall). Man nimmt erneut eine Abstimmung vor, und die Wahl fällt einstimmig auf Herrn Felix Lupescu (Verwirrung). Der stellvertretende Vorsitzende ergreift das Wort und macht eine scherzhafte Bemerkung über die gleichen glücklichen Vornamen. Der Delegierte von Griechenland bittet ums Wort und erklärt, daß er, wiewohl es ihm leicht aberwitzig erscheine, von seiner Regierung den Auftrag habe, als Kandidaten Herrn Felix Paparemologos vorzuschlagen. Man stimmt ab, und er wird mit Stimmenmehrheit gewählt. Bei der folgenden Abstimmung geht der Kandidat für Pakistan, Herr Felix Abib, als Sieger hervor. Ob dieses Tatbestands herrscht im Komitee große Bestürzung, und rasch vollzieht man die letzte Abstimmung, bei der der Kandidat für Argentinien gewählt wird: Herr Felix Camusso. Unter dem merklich verdrossenen Beifall der Anwesenden heißt der amtierende Doyen des Komitees die sechs neuen Mitglieder willkommen und bezeichnet sie herzlich als Namensvettern (Allgemeines Erstaunen). Die Zusammensetzung des Komitees wird verlesen. Es besteht aus: dem Vorsitzenden und ältesten Mitglied sowie Überlebenden des Unglücks, Herrn Felix Smith; den Mitgliedern Herrn Felix Voll, Felix Romero, Felix Lupescu, Felix

Paparemogolos, Felix Abib und Felix Camusso.
Nun denn, die Folgen dieser Wahl sind für die Oclusiom mehr und mehr kompromittierend. Die Abendzeitungen bringen die Zusammensetzung des Exekutivkomitees und schreiben dazu launige und impertinente Kommentare. Der Innenminister telefonierte heute morgen mit dem Generaldirektor. Da dem nichts besseres einfiel, hat er eine Pressemeldung vorbereiten lassen, welche den Lebenslauf der neuen Mitglieder des Komitees enthält, die samt und sonders Kapazitäten in Fragen der Wirtschaft sind.
Am nächsten Donnerstag soll das Komitee seine erste Sitzung abhalten, aber man munkelt, daß die Herren Felix Camusso, Felix Voll und Felix Lupescu in den späten Stunden des heutigen Nachmittags ihren Rücktritt einreichen werden. Herr Camusso hat für den Wortlaut seines Rücktritts um Weisungen gebeten; tatsächlich besitzt er gar kein stichhaltiges Motiv, um sich aus dem Komitee zurückzuziehen. Gleich den Herren Voll und Lupescu leitete ihn lediglich der Wunsch, das Komitee möge sich aus Personen zusammensetzen, die nicht auf den Vornamen Felix hören. Vermutlich werden sie gesundheitliche Gründe vorbringen und ihre Rücktrittserklärungen vom Generaldirektor angenommen werden.

Ende der Welt am Ende

Da der Schreibenden kein Ende ist, werden die wenigen Leser, die es auf Erden gab, den Beruf wechseln und ebenfalls schreiben. Mit den Jahren werden die Länder mehr und mehr aus Federfuchsern und Papier- und Tintenfabriken bestehen, der Tag gehört den Schreibern und die Nacht den Maschinen, die der Schreibenden Arbeit drucken. Zuerst werden die Privatbibliotheken überquellen, dann beschließen die Stadtverwaltungen (so weit sind wir schon), Kinderspielplätze zu opfern, um die Bibliotheken zu erweitern. Danach weichen die Theater, die Entbindungsheime, die Schlachthöfe, die Kantinen, die Krankenhäuser. Die Armen verwenden die Bücher als Ziegel, bestreichen sie mit Mörtel und ziehen Wände aus Büchern auf und hausen in Hütten aus Büchern. Danach überschreiten die Bücher die Grenzen der Städte und befallen die Feldmark, stampfen das Korn und die Sonnenblumenfelder platt; zwischen zwei sehr hohen Wänden von Büchern bleibt den Straßen, wenn der Weg nicht überhaupt blockiert ist, kaum eine schmale Fahrbahn. Zuweilen gibt eine Wand nach und verursacht katastrophale Verkehrsunfälle. Die Schreibenden aber schreiben noch und noch, denn die Menschheit respektiert Berufungen, und die Druckwerke erreichen schon die Gestade des Meers. Der Präsident der Republik telefoniert mit den Präsidenten der Republiken und macht den vernünftigen Vorschlag, den Überschuß an Büchern ins Meer zu schütten; also geschieht es gleichzeitig an allen Küsten der Erde. So sehen die sibirischen Schreiberlinge, wie man ihre Druckwerke ins Eismeer stürzt, und die indonesischen Schreiberlinge – und so weiter und so fort. Das erlaubt den Schriftstellern, ihre Produktion zu erhöhen, denn auf dem Lande gibt es wieder Raum, um ihre Bücher einzulagern. Sie bedenken nicht, daß das Meer einen Boden hat und daß sich auf dem Grunde des Meeres die Druckerzeugnisse zu stapeln beginnen, erst in Form von klebriger Masse, sodann in Form von zusammenhängender Masse und endlich als ein widerstandsfähiges, wenngleich zähflüssiges Stockwerk, das Tag für Tag um ein paar Meter steigt und schließlich an die Oberfläche kommen wird. Dann fallen viele Wasser in viele Länder ein, eine neue Verteilung von Kontinenten und Ozeanen vollzieht sich, und Präsidenten verschiedener Republiken werden von Seen und Halbinseln abgelöst, dem Ehrgeiz der Präsidenten anderer Republiken eröffnen sich unermeßliche Landstriche und so weiter. Das Meerwasser, das sich notgedrungen so gewaltig ausgebreitet hatte, verdunstet mehr als zuvor oder mischt sich friedlich mit den Druckwerken und erzeugt den Klebstoff, derart, daß die Kapitäne der Schiffe auf den großen Wasserstraßen eines Tages wahrnehmen, daß die Schiffe nur noch langsam vorankommen, von dreißig auf zwanzig, auf fünfzehn Knoten heruntergehen und ihre Motoren hecheln und die Schiffsschrauben sich verformen. Am Ende gehen alle Schiffe auf den Leim und kommen an verschiedenen Punkten des Meeres zum Stillstand, und die Schreibenden der ganzen Welt schreiben tausend und abertausend Druckschriften, in denen sie, von großer Fröhlichkeit erfüllt, das Naturereignis erklären. Die Präsidenten und Kapitäne beschließen, die Schiffe in Inseln und Kasinos umzuwandeln, das Publikum geht zu Fuß über die Pappmeere und bevölkert die Inseln und Kasinos; die Umgebung verschönern Schauorchester, zu deren Klange man bis in die frühen Morgenstunden tanzt. Neue Druckerzeugnisse türmen sich an den Gestaden des Meeres, aber es ist unmöglich, sie unter den pappigen Brei zu mengen; und so wachsen Mauern von Drucksachen, und Gebirge entstehen an den Gestaden der alten Meere. Die Schreibenden begreifen, daß die Papierfabriken und Tintenfirmen Bankrott machen werden und schreiben, auch die unscheinbarsten Winkel jedes Papiers ausnützend, mit immer kleineren Buchstaben. Wenn die Tinte auf die Neige geht, schreiben sie mit Bleistift weiter; ist das Papier zu Ende, schreiben sie auf Tafeln und Fliesen weiter und so weiter. Es bürgert sich der Brauch ein, einen Text in einen anderen Text einzuschalten, um die Zwischenräume der Zeilen auszunützen, oder man tilgt mit Rasierklingen die Drucklettern, um das Papier erneut zu verwenden. Die Schreibenden schreiben langsam, aber ihre Zahl ist so gewaltig, daß die Druckerzeugnisse die Länder schon völlig vom Bett der ehemaligen Meere trennen. Auf dem Lande lebt in mißlicher Lage die zum Aussterben verurteilte Rasse der Schreibenden, im Meere aber liegen die Inseln und Kasinos oder auch die Ozeandampfer, auf die sich die Präsidenten der Republiken geflüchtet haben und wo man große Feste feiert und Botschaften wechselt: von Insel zu Insel, von Präsident zu Präsident und von Kapitän zu Kapitän.

Kopflosigkeit

Ein Herr wurde um einen Kopf kürzer gemacht, aber da hernach ein Streik ausbrach und man ihn nicht bestatten konnte, mußte dieser Herr ohne Kopf weiterleben und sich wohl oder übel damit abfinden.
Sogleich bemerkte er, daß vier der fünf Sinne mit dem Kopfe dahin waren. Bloß mit dem Tastsinn begabt, aber voll guten Willens setzte sich der Herr auf eine Bank am Lavalle-Platz, befingerte ein Baumblatt nach dem anderen und versuchte sie auseinander zu halten und auf ihren Namen zu kommen. Auf diese Weise konnte er nach mehreren Tagen sicher sein, daß er auf seinen Knien ein Eukalyptusblatt, das Blatt einer Platane, ein Blatt der dunklen Magnolie und ein grünes Steinchen versammelt hatte.
Als der Herr gewahr wurde, daß der letzte Gegenstand ein grüner Stein war, saß er ein paar Tage sehr verdutzt da. Das mit dem Stein war richtig und möglich, aber grün? Zur Probe stellte er sich vor, daß der Stein rot wäre, und im gleichen Augenblick fühlte er so etwas wie tiefen Widerwillen, Abscheu gegen jene flagrante Lüge eines absolut falschen roten Steins, während der Stein vollkommen grün war und wie eine Scheibe geformt und sich sehr weich anfühlte.
Als er sich bewußt wurde, daß der Stein überdies weich war, bemächtige sich des Herrn für geraume Zeit großes Befremden. Danach entschloß er sich, fröhlich zu sein, was stets vorzuziehen ist, da man daraus ersah, daß er ähnlich gewissen Insekten, die ihre abgetrennten

Glieder regenerieren, fähig war, unterschiedlich zu fühlen. Die Tatsache gab ihm Leben, er verließ seine Bank am Platze und ging die Freiheitsstraße bis zur Maiallee hinunter, wo es bekanntlich aus den spanischen Restaurants nur so nach Bratfischen riecht. Vertraut mit dieser Einzelheit, die ihm einen weiteren Sinn zurückgab, wandte sich der Herr aufs Geratewohl gen Osten oder Westen – dessen war er nicht so sicher –, wanderte und wanderte und hoffte, jeden Moment etwas zu hören, war dieser Sinn doch der einzige, der ihm noch fehlte. Tatsächlich sah er einen Himmel fahl wie vor Morgen, berührte er seine eigenen Hände mit feuchten Fingern und Nägeln, die sich in die Haut gruben, roch wie nach Schweiß, und im Munde hatte er den Geschmack nach Eisen und Kognak. Bloß der Gehörsinn fehlte ihm; mit einem Mal aber hörte er, und es war wie eine Erinnerung, denn was er hörte, waren abermals die Worte des Kaplans im Kerker, Worte des Trostes und der Hoffnung, die an sich sehr schön waren, nur leider etwas abgestanden, abgedroschen, ausgeleiert von dem ewigen Sermon.

Skizze eines Traums

Jählings fühlt er großes Verlangen, seinen Onkel zu sehen, und er windet sich eilends durch krumme und steile Gäßchen, die miteinander zu eifern scheinen, ihn von dem alten Stammsitz zu entfernen. Nach langer Wanderschaft (es ist aber, wie wenn seine Schuhe an den Boden gepicht wären) sieht er das Portal und hört von ungefähr einen Hund bellen – falls es ein Hund ist. In dem Augenblick, da er die vier ausgetretenen Stufen emporsteigt und die Hand nach dem Klopfer ausstreckt, der gleichfalls eine Hand ist, welche eine Bronzekugel preßt, bewegen sich die Finger des Klopfers, erst der kleine Finger und nach und nach alle anderen, die unablässig den Bronzeball springen lassen. Die Kugel fällt, als wäre sie aus Federn, prallt lautlos auf der Schwelle auf und springt ihm bis an die Brust, aber jetzt ist es eine feiste schwarze Spinne. Er schüttelt sie mit einer verzweifelten Handbewegung ab, und im gleichen Augenblick öffnet sich die Pforte: vor ihm steht der Onkel, ausdruckslos lächelnd, wie wenn er lang vorher schon lächelnd hinter der geschlossenen Türe gewartet hätte. Sie wechseln ein paar Sätze, die wie abgesprochen wirken, ein geschmeidiges Schachspiel. »Jetzt muß ich erwidern. . .« »Jetzt wird er sagen. . .« Und genau so geschieht alles. Schon befinden sie sich in einem strahlend erleuchteten Zimmer, der Onkel zieht in Silberpapier gewickelte Zigarren hervor und bietet ihm eine an. Lange Zeit sucht er nach Zündhölzern, aber im ganzen Hause gibt es weder Zündhölzer noch überhaupt Feuer; sie können die Zigarren nicht anzünden, der Onkel scheint sehnlichst zu wünschen, daß der Besuch ein Ende nimmt, und schließlich gibt es eine verwirrte Verabschiedung in einem schmalen Gang voller halbgeöffneter Kisten, in dem man sich kaum bewegen kann. Beim Verlassen des Hauses weiß er, daß er nicht hinter sich blicken darf, *weil*. . . Er weiß nicht mehr als das, aber das weiß er, und er wiederholt es sich unablässig, die Augen auf den Boden der Straße geheftet. Nach und nach wird ihm leichter zu Mute. Als er nach Hause kommt, ist er so erschöpft, daß er sogleich zu Bett geht, beinah ohne sich zu entkleiden. Darauf träumt er, daß er im TIGER sitzt und mit seinem Schatz den ganzen Tag rudert und im Ausflugslokal NEUER STIER Knackwürste ißt.

Wie gehts, López

Ein Herr trifft einen Freund und begrüßt ihn, indem er ihm die Hand gibt und den Kopf ein wenig neigt.
Auf diese Weise glaubt er ihn zu begrüßen, aber der Gruß ist längst erfunden, und dieser gute Herr tut weiter nichts, als daß er in einen fertigen Gruß schlüpft.
Es regnet. Ein Herr flüchtet sich unter eine Arkade. So gut wie nie wissen diese Herren, daß sie schließlich auf einer Rutschbahn ausgleiten werden, die besteht, seit es Regen und Arkaden gibt. Eine feuchte Rutschbahn aus welken Blättern.
Und die Gebärden der Liebe, jenes holde Museum, jene Galerie von Figuren aus Rauch. Deine Eitelkeit mag sich trösten: die Hand des Antonius suchte, was deine Hand sucht, und jene so wenig wie deine Hand suchten, was nicht schon seit Ewigkeit gefunden worden wäre. Aber die unsichtbaren Dinge bedürfen der Fleischwerdung, die Ideen fallen zu Boden wie tote Tauben.
Das wahrhaft Neue gibt Furcht oder Staunen. Diese beiden dem Magen gleich nahen Empfindungen begleiten stets die Gegenwart des Prometheus; der Rest ist Bequemlichkeit, das, was immer mehr oder weniger gut davon kommt; die aktiven Verben enthalten das vollständige Register.
Hamlet zaudert nicht: er sucht die authentische Lösung und nicht die Haustüren oder die bereits gebahnten Wege – je mehr Abkürzungen und Kreuzwege sie anbieten. Er liebt die Tangente, die das Mysterium ent-

zweit, das fünfte Blatt des Klees. Zwischen Ja und Nein: eine Windrose ohne Grenzen. Die Prinzen Dänemarks, jene Falken, die lieber Hungers sterben, ehe sie Aas essen.
Ein gutes Zeichen, wenn die Schuhe drücken. Etwas wandelt sich hier, etwas, das uns ausweist, uns geräuschlos versetzt, uns in Frage stellt. Darum sind die Mißgeburten so beliebt, darum auch geraten die Tageszeitungen über die zweiköpfigen Drillinge in Verzükkung. Was für eine günstige Gelegenheit, was für eine Andeutung eines großen Sprungs über den eigenen Schatten!
Da kommt López.
– Wie gehts, López?
– Na, wie gehts selber?
Und auf diese Weise glauben sie dann, sie grüßen sich.

Erdkunde

Einmal bewiesen, daß die Ameisen die wahren Herrinnen der Schöpfung sind (der Leser kann es für Hypothese oder einen schnakischen Einfall nehmen; ein bißchen Anthropofugismus wird ihm auf alle Fälle guttun), hier eine Seite aus ihrer Erdbeschreibung:
(S. 84 des Buches; in Klammern die mutmaßlichen Entsprechungen bestimmter Ausdrücke nach der klassischen Interpretation von Gastón Loeb.)
». . . parallele Meere (Flüsse?). Das grenzenlose Wasser (ein Meer?) wächst in bestimmten Augenblicken wie ein EfeuEfeuEfeu (Vorstellung einer sehr hohen Wand, die die Flut ausdrücken soll?). Wenn man gehtgehtgehtgeht (auf die Entfernung angewandter Analogiebegriff), gelangt man zu dem Großen Grünen Schatten (ein Saatfeld, ein Gehölz, ein Wald?), in dem der Große Gott für seine Besten Arbeiterinnen die immerwährende Kornkammer schuf. In dieser Gegend wimmelt es von den Schrecklichen Ungeheuren Wesen (Menschen?), die unsere Pfade zertreten. Auf der anderen Seite des Großen Grünen Schattens beginnt der Harte Himmel (ein Gebirge?). Und alles ist unser, aber nicht ungefährdet.«
Diese Geographie haben Dick Fry und Niels Peterson jr. zum Gegenstand einer anderen Interpretation gemacht. Danach trifft unser Abschnitt topographisch auf ein Gärtchen in der Lapridastraße 628 in Buenos Aires zu. Die parallelen Meere sind zwei kleine Abflußrinnen; das grenzenlose Meer ist ein Entenpfuhl, der

Große Grüne Schatten ein Beet Kopfsalat. Die Schrecklichen Ungeheuren Wesen sollen Enten oder Hühner andeuten, obgleich die Möglichkeit nicht ausgeschlossen werden darf, daß es sich wirklich um Menschen handelt. Um den Harten Himmel ist bereits eine Polemik entbrannt, die nicht so bald enden wird. Der Meinung von Fry und Peterson, die darin eine Scheidewand aus Backsteinen sehen, widerspricht die Auffassung von Wilhelm Sofovich, der an ein zwischen dem Kopfsalat herrenlos herumstehendes Bidet denkt.

Fortschritt und Rückschritt

Man erfand ein fliegendurchlässiges Glas. Die Fliege kam, stieß mit dem Kopf ein wenig dagegen und hopp – schon war sie auf der anderen Seite. Wie sich da die Fliegen freuten.
Alles verdarb ein ungarischer Gelehrter, als er entdeckte, daß die Fliege auf Grund von ich weiß nicht was für einem Pfiff in der Flexibilität der Fibern dieses Glases, das sehr faserig war, wohl hinein, aber nicht wieder hinaus konnte oder umgekehrt. Sogleich erfand man den gläsernen Fliegenfänger mit einem Stück Zucker darin, und viele Fliegen starben eines verzweifelten Todes. So schwand jede Möglichkeit, mit diesen Tierchen, die eines besseren Schicksals würdig sind, gut Freund zu werden.

Wahre Begebenheit

Einem Herrn fällt die Brille zu Boden. Das Geräusch, mit dem sie auf die Fliesen schlägt, ist fürchterlich. Der Herr bückt sich ganz bekümmert, denn die Gläser sind teuer, aber verdutzt entdeckt er, daß sie wie durch ein Wunder nicht entzwei sind.
Jetzt fühlt dieser Herr tiefe Dankbarkeit, und er begreift, daß das, was ihm begegnete, ein freundlicher Wink ist. Also begibt er sich zu einem Optiker und ersteht sogleich ein Lederfutteral mit doppeltem Schutzpolster, um gegen alle Tücken gefeit zu sein. Eine Stunde darauf fällt ihm das Futteral herunter, und als er sich ganz gelassen bückt, entdeckt er, daß die Brille in abertausend Stücke zersprungen ist. Dieser Herr braucht eine Weile, ehe er begreift, daß die Fügungen der Vorsehung unerforschlich sind und das Wunder in Wirklichkeit erst jetzt geschehen ist.

Geschichte mit einem molligen Bären

Sieh doch jenen kugeligen Koaltar, der sich reckt und streckt und durch den Fensterrahmen zweier Bäume wächst. Jenseits der Bäume gibt es eine Lichtung, und eben dort entwirft der Koaltar sinnend, wie er Kugelgestalt annimmt, die Form Kugel und Tatzen, die Form Koaltar Fell Tatzen, die danach laut Wörterbuch BÄR.

Jetzt erscheint auf der Bildfläche feucht und mollig der Koaltar kugelrund, schüttelt unzählige runde Ameisen ab und wirft sie in jede Fußtapfe, die sich Schritt für Schritt harmonisch reiht. Das heißt, der Koaltar projiziert eine Bärentatze auf die Tannennadeln, zweiteilt die ebene Erde und hinterläßt beim Gehen den Abdruck eines ausgefransten Pantoffels und einen runden kribbligen Ameisenhaufen, der gut nach Koaltar riecht. So gründet die Tatzenfellgestalt zu beiden Seiten des Weges symmetrische Imperien, schüttelt sich feucht und geht und legt ein Gebäude für runde Ameisen an.

Endlich kommt die Sonne heraus, und der mollige Bär hebt ein bewandertes und knäbisches Antlitz zum Honiggong hinan, nach dem ihn vergebens gelüstet. Der Koaltar beginnt angestrengt zu wittern, mit der Tageszeit wächst die Kugel, Fell und Tatzen bloß Koaltar, Felltatzenkoaltar, der leise eine Bitte brummt und auf Antwort lauert, auf die tiefe Resonanz des Gongs hochoben, den Honig des Himmels auf seiner Rüsselzunge, in seiner Tatzenfellfreude.

Vorwurf für einen Wandteppich

Der General hat nur achtzig Mann und der Feind deren fünftausend. In seinem Zelte flucht und weint der General. Danach schreibt er einen flammenden Aufruf, den Brieftauben über dem feindlichen Lager abwerfen. Zweihundert Infanteristen gehen zum General über. Es folgt ein Scharmützel, das der General leicht gewinnt, und zwei Regimenter schlagen sich auf seine Seite. Drei Tage darauf hat der Feind nur achtzig Mann und der General deren fünftausend. Darauf schreibt der General einen anderen Aufruf, und neunundsiebzig Leute laufen ihm ins Lager. Ein einziger Gegner bleibt übrig, umzingelt vom Heere des Generals, der stillschweigend abwartet. Die Nacht vergeht, und der Gegner ist nicht zu ihm übergelaufen. Der General flucht und weint in seinem Zelte. Bei Morgengrauen zieht der Gegner langsam den Degen aus der Scheide und rückt gegen das Zelt des Generals vor. Er tritt ein und sieht ihn an. Das Heer des Generals ergreift das Hasenpanier. Die Sonne geht auf.

Eigenschaften eines Sessels

Im Hause Hyazinths gibt es einen Sterbesessel.
Wenn die Leute alt werden, lädt man sie eines Tages ein, sich in den Sessel zu setzen, der ein Sessel wie jeder andere ist, aber mit einem silberfarbenen Sternchen in der Mitte der Rücklehne. Der, an den die Einladung erging, seufzt, bewegt ein wenig die Hände, wie wenn er die Einladung von sich weisen wollte, und danach setzt er sich in den Sessel und stirbt.
Ist die Mutter fort, erlauben sich die Kinder, mutwillig wie sie sind, mit Besuchern den Spaß und laden sie ein, sich in den Sessel zu setzen. Da die Besucher eingeweiht sind, aber wissen, daß darüber nicht gesprochen werden darf, schauen sie die Kinder in großer Verwirrung an und entschuldigen sich mit Worten, die man nie gebraucht, wenn man sonst mit Kindern redet. Das ergötzt die natürlich über die Maßen. Am Ende schützen die Besucher irgendeine Ausrede vor, um sich nicht zu setzen, aber später erfährt die Mutter, was vorgefallen ist, und zur Schlafenszeit setzt es eine schreckliche Tracht Prügel. Das schreckt die Kinder aber nicht ab. Weiterhin führen sie von Zeit zu Zeit einen arglosen Besuch hinters Licht und lassen ihn im Sessel Platz nehmen. In solchen Fällen machen die Eltern kein Aufhebens, da sie fürchten, die Nachbarn könnten von den Eigenschaften des Sessels Witterung erhalten und ihn sich ausleihen kommen, um die eine und andere Person aus ihrer Familie oder dem Freundeskreis in den Sessel zu nötigen. Unterdessen wachsen die Kinder heran,

und eines Tages haben sie an dem Sessel und den Besuchern jedes Interesse verloren. Vielmehr vermeiden sie es, den Raum zu betreten, machen lieber einen Umweg über den Hof, und die Eltern, die bereits sehr alt sind, schließen die Tür jenes Raumes ab und betrachten aufmerksam die Kinder, als wollten sie in deren Gedanken lesen. Die Kinder weichen diesen Blicken aus und sagen, es sei an der Zeit, zu essen oder zu schlafen. Des Morgens erhebt sich der Vater als erster und sieht regelmäßig nach, ob die Tür des Zimmers auch verschlossen ist und nicht etwa eins der Kinder die Tür geöffnet hat, damit man des Sessels vom Eßzimmer aus ansichtig wird, denn das silberne Sternchen blitzt sogar im Dunkeln und ist von jedem Platz im Eßzimmer vollkommen zu sehen.

Gelehrter mit Gedächtnislücke

Hervorragender Gelehrter, Römische Geschichte in dreiundzwanzig Bänden, sicherer Nobelpreiskandidat, Freudentaumel in seinem Vaterland. Jähe Bestürzung: Unersättliche Leseratte schleudert grobes Pamphlet, anprangernd Auslassung Caracalla. Vergleichsweise unerheblich, aber immerhin Unterlassungssünde. Betroffene Bewunderer schlagen nach Pax Romana welch einen Künstler verliert die Welt Varus gib mir meine Legionen wieder Mann aller Weiber und Weib aller Männer (hüte dich vor den Iden des März) Geld stinkt nicht in diesem Zeichen wirst du siegen. Unwiderlegliche Abwesenheit Caracallas, Bestürzung, Telefon abgeschaltet, Gelehrter kann König Gustav von Schweden nicht empfangen aber jener König denkt auch nicht daran, ihn anzurufen, vielmehr einen anderen der vergeblich die Nummer wählt und wählt und flucht in einer toten Sprache.

Plan für ein Gedicht

Zum Beispiel das Rom der Faustina, der Wind spitze die Bleistifte des sitzenden Schreibers oder hinter hundertjährigen Schlinggewächsen erscheine geschrieben eines Morgens dieser überzeugende Satz: Es gibt keine hundertjährigen Schlingpflanzen, die Botanik ist eine Wissenschaft, zum Teufel mit den Erfindern gewollter Bilder. Und Marat in seiner Badewanne.
Auch sehe ich die Verfolgung eines Heimchens auf einem Kredenzteller aus Silber, mit der Dame Delia, die sanft eine Hand ähnlich einem Substantiv nähert, und als sie das Heimchen greifen will, ist es im Salz (darauf gingen sie trockenen Fußes hinüber und Pharao verfluchte sie am Ufer) oder springt in den feinen Mechanismus, der aus der Weizenblüte die dörre Hand des Toastbrots zieht. Dame Delia, Dame Delia, laß jenes Heimchen über Platten wie Strände laufen. Eines Tages wird es sich schrecklich rächen und singen, daß die Pendeluhren sich in ihren stehenden Särgen erhängen werden oder die junge Weißwäscherin ein lebendes Monogramm zur Welt bringen wird, das durch das Haus läuft und seine Initialen unablässig wie ein Trommelschläger wiederholt. Dame Delia, die Gäste werden ungeduldig, weil es kalt ist. Und Marat in seiner Badewanne.
Buenos Aires schließlich an einem Tage geil und zitternd wie Gespenst, die Lumpen hängen an der Sonne, und sämtliche Radios des Viertels schmettern zur gleichen Zeit die Notierung des freien Marktes für Sonnen-

blumen. Für eine übernatürliche Sonnenblume zahlte man in Liniers achtundachtzig Pesos, und die Sonnenblume gab vor dem Reporter von Esso schandbare Erklärungen ab, teils vor Erschöpfung nach der Zählung ihrer Kerne, zum Teil auch, weil ihr ferneres Schicksal auf dem Kaufschein nicht vermerkt war. Gegen Abend wird es auf dem Maiplatz eine Sammlung lebendiger Kräfte geben. Die Kräfte werden durch verschiedene Straßen gehen, bis sie sich zu einer Pyramide ausrichten, und man wird sehen, daß sie dank eines von der Stadtverwaltung installierten Reflexsystems leben. Niemand zweifelt daran, daß die Kundgebung mit Glanz und Gloria ablaufen wird; wie sich denken läßt, hat das eine ungemeine Erwartung geweckt. Man hat Balkone verkauft; der Herr Kardinal, die Tauben, die politischen Gefangenen, die Straßenbahner, die Uhrmacher, die Schmiergelder, die fetten Weiber werden dabei sein. Und Marat in seiner Badewanne.

Kamel unerwünscht erklärt

Sämtlichen Anträgen auf Einreiseerlaubnis wird stattgegeben, aber Guk, seines Zeichens Kamel, wider Erwarten für unerwünscht erklärt. Guk eilt aufs Polizeipräsidium, wo man ihm sagt: nichts zu machen, ab in deine Oase, unerwünscht, weitere Gesuche zwecklos. Trauer Guks, Guks Rückkehr zu den Gefilden der Kindheit. Und alle Kamele der Familie und die Freunde umringen Guk und Was ist los mit dir und Hat der Mensch Töne, Warum denn ausgerechnet du. Alsbaldige Delegation zum Verkehrsministerium, für Guk ein gutes Wort einzulegen, Empörung unter den Laufbahnbeamten: das hat es ja noch nie gegeben, Sie kehren unverzüglich in die Oase zurück, ein Untersuchungsbericht wird angefertigt.

Guk in der Oase frißt Gras heute, Gras morgen. Alle Kamele haben die Grenze überschritten, Guk wartet noch immer. So vergeht der Sommer, der Herbst. Dann Guk wieder in der Stadt, ständig auf leerem Platze. Beliebter Schnappschuß der Touristen, Reportern Rede und Antwort stehend. Gewisses Ansehen Guks auf dem Platze. Darauf pochend sucht es sein Fortkommen, am Tor sieht alles anders aus: für unerwünscht erklärt. Guk läßt den Kopf hängen, sucht auf dem Platz die spärlichen Grashälmchen. Eines Tages ruft man es durch Lautsprecher, und es betritt glücklich das Präsidium. Dort wird es für unerwünscht erklärt. Guk kehrt zur Oase zurück und legt sich nieder. Es frißt ein wenig

Gras und steckt darauf die Schnauze in den Sand. Es schließt langsam die Augen, während die Sonne untergeht. Aus seinen Nüstern steigt eine Wasserblase, die es um eine Sekunde überlebt.

Rede des Bären

Ich bin der Bär aus den Leitungsrohren im Haus, zu stiller Stunde klettere ich durch die Rohre, die Warmwasserrohre, die Heizungsrohre, die Luftschächte, gehe in den Rohren von Wohnung zu Wohnung und bin der Bär, der durch die Leitungsrohre geht.
Ich glaube, man hat mich gern, denn mein Fell hält die Leitungen sauber, unermüdlich laufe ich die Rohre ab und kenne kein größeres Vergnügen, als in den Rohren von Stockwerk zu Stockwerk zu rutschen. Bisweilen strecke ich eine Tatze zum Wasserhahn hinaus, und das Mädchen im dritten Stock schreit, sie habe sich verbrannt, oder ich brumme in Höhe des Ofens im zweiten Stock, und die Köchin Wilhelmine jammert, daß der Ofen so schlecht zieht. Des Nachts wandle ich schweigsam und besonders behende, stecke den Kopf aus dem Schornstein, schaue, ob der Mond am Himmel tanzt, und sause wie der Wind in die Kessel des Heizungskellers. Und zur Sommerszeit bade ich nachts in der ausgestirnten Zisterne, wasche mir das Gesicht erst mit der einen Tatze, dann mit der andern, dann mit allen beiden, und habe daran unbändige Freude.
Danach gleite ich mit frohem Gebrumm durch sämtliche Rohre im Haus, und die Ehepaare wälzen sich unruhig in ihren Betten und wettern, wie hellhörig die Leitungen angelegt sind. Einige machen Licht und schreiben auf ein Zettelchen, ja nicht zu vergessen, daß sie sich beschweren wollen, wenn sie den Hausmeister sehen. Ich suche den Wasserhahn, der in irgendeiner

Wohnung regelmäßig offen bleibt, zwänge die Nase hindurch und betrachte das Dunkel der Räume, in denen jene Wesen leben, die nicht durch die Rohre gehen können, und ich fühle etwas von Mitleid, wenn ich sie da so plump und groß liegen sehe, höre, wie sie schnarchen und im Schlafe reden und so allein sind. Am Morgen, wenn sie sich das Gesicht waschen, liebkose ich ihre Wangen, lecke ihnen die Nase und gehe in der leisen Gewißheit fort, etwas Gutes getan zu haben.

Porträt des Kasuars

Zuerst blickt der Kasuar einen mit mißtrauischem Hochmut an. Er beschränkt sich darauf, regungslos zu blicken, blickt auf eine so hartnäckige und anhaltende Art und Weise, daß es den Anschein hat, als ob er uns gerade erfinde, als ob er uns dank einer schrecklichen Anstrengung aus dem Nichts zöge, das die Welt der Kasuare ist, und uns vor sich stellte, in den unerklärlichen Akt, ihn zu betrachten.
Diese zwiefache Betrachtung, die womöglich nur eine und im Grunde vielleicht gar keine ist, gebiert den Kasuar und mich, unter vier Augen messen wir uns, lernen wir, uns zu verkennen. Ich weiß nicht, ob der Kasuar mich zurechtstutzt und seiner schlichten Welt einordnet; ich für meinen Teil kann ihn nur beschreiben, kann seiner Gegenwart nur ein Kapitel der Neigung und Abneigung widmen. Hauptsächlich der Abneigung, denn der Kasuar ist unsympathisch und abstoßend. Man stelle sich einen Strauß mit einem hürnenen Teewärmer auf dem Kopfe vor, ein zwischen zwei Autos plattgedrücktes Fahrrad, das sich in sich selbst türmt, ein mißlungenes Abziehbild, auf dem ein schmutziges Violett und eine Art Rasseln vorherrschen. Jetzt macht der Kasuar einen Schritt nach vorn und setzt eine trockenere Miene auf; das erinnert an ein von grenzenloser Pedanterie gerittenes Paar Brillengläser. Er lebt in Australien, der Kasuar; er ist feig und erschreckend zugleich; die Wächter betreten seinen Käfig in hohen Lederstiefeln und mit einem Flammenwerfer bewaffnet. Wenn der

Kasuar aufhört, erschrocken um den Topf Kleie herumzulaufen, den man ihm hinstellt, und sich mit Kamelsprüngen auf den Wärter stürzt, bleibt nichts anderes übrig, als den Flammenwerfer zu bedienen. Dann sieht man dieses Bild: der Feuerstrom umlodert den Kasuar, und an allen Federn brennend macht er seine letzten Schritte, während er in ein gräßliches Gekreisch ausbricht. Aber sein Horn verbrennt nicht: die trokkene schuppige Materie, die sein ganzer Stolz und Dünkel ist, beginnt in kalter Glut zu schmelzen, entbrennt in wundersamem Blau, in einem Scharlachrot, das einer geschundenen Faust ähnelt, und gerinnt am Ende zu dem durchsichtigsten Grün, zum Smaragde, dem Stein des Schattens und der Hoffnung. Der Kasuar zerfällt, eine rasche Aschenwolke, und der Wärter bemächtigt sich flink und begehrlich der soeben entstandenen Gemme. Diesen Augenblick nimmt der Zoodirektor stets wahr, ihn zu entlassen und wegen Tierquälerei zu verklagen.

Was sollen wir nach diesem doppelten Ungemach vom Kasuar noch weiter sagen?

Todesfall der Tropfen

Ich weiß nicht, sieh nur, schrecklich wie es regnet. Es regnet die ganze Zeit, draußen dicht und grau, auf den Balkon hier mit großen prallen harten Tropfen, die platsch machen und wie Ohrfeigen nach der Reihe aufklatschen, ekelhaft. Jetzt erscheint oben am Fensterrahmen ein Tröpfchen, das schaudert und schaudert gegen den Himmel, der es in tausend matten Lichtern bricht, taumelig schwillt es an, wird gleich fallen und fällt nicht, noch nicht. Es krallt sich mit sämtlichen Nägeln fest, will nicht fallen, und man sieht, wie es sich mit den Zähnen festbeißt, während sein Bäuchlein wächst, und schon ist das Tröpfchen ein fetter Tropf, der da aufgeblasen hängt, und im Nu plitsch ist er fort, platsch, zerstoben, ein Nichts, ein schleimiger Fleck auf dem Marmor.
Es gibt aber welche, die Selbstmord machen und gar nicht erst widerstehen, sie sprießen ohne Unterlaß am Fensterrahmen und stürzen sich von dort herab; fast vermeine ich zu sehen, wie sich ihre Beinchen in der Bewegung des Sprungs abstoßen, den Schrei zu hören, der sie wie ein Rausch überkommt in jenem Nichts aus Fall und Vernichtung. Traurige Tropfen, runde unschuldige Tropfen. Lebt wohl, Tropfen. Lebet wohl.

Geschichte ohne Moral

Ein Mann verkaufte Schreie und Wörter und stand sich gut, auch wenn er immer wieder Leute traf, die sich über die Preise aufhielten und Nachlaß verlangten. Der Mann entsprach fast immer ihren Wünschen und verkaufte daher viele Schreie von Straßenhändlern, einige Seufzer, die ihm Rentnerinnen abkauften, und Worte für Parolen, Werbesprüche, Schlagzeilen und Witze ohne Witz.
Endlich hielt der Mann die Stunde für gekommen und bat den kleinen Diktator des Landes um Audienz. Der sah aus wie alle Diktatoren und empfing ihn im Kreise seiner Generäle, Sekretäre und vieler Tassen Kaffee.
– Ich komme, um Ihnen Ihre letzten Worte zu verkaufen, sagte der Mann. Sie sind sehr wichtig, denn auf Anhieb werden Sie sie nie im Leben gut herausbringen, müssen aber in der herben Todesstunde ein paar Worte sagen, wenn Sie leicht bei der Nachwelt ein historisches Schicksal darzustellen wünschen.
– Übersetz, was er sagt, gebot der kleine Diktator seinem Dolmetscher.
– Er redet argentinisch, Exzellenz.
– Argentinisch? Und weshalb verstehe ich nichts?
– Sie haben sehr wohl verstanden, sagte der Mann. Ich wiederhole noch einmal, ich bin gekommen, Ihnen Ihre letzten Worte zu verkaufen.
Der kleine Diktator sprang, wie es unter solchen Umständen zu geschehen pflegt, auf die Beine und befahl, ein Zittern unterdrückend, den Mann zu verhaften und

in eine der Sonderzellen zu sperren, die sich stets in jenem Regierungsmilieu finden.
– Es ist schade, sagte der Mann, während man Anstalten machte, ihn abzuführen. Wenn der Augenblick gekommen ist, werden Sie gewiß Ihre letzten Worte sagen wollen und müßten sie sogar sagen, wenn Sie sich Ihrer Nachwelt zu versichern wünschen. Was ich Ihnen verkaufen wollte, sind jene Worte, die Sie gerne sagen würden, damit es keine Enttäuschung gibt. Da Sie auf den Handel aber nicht eingehen, jene Worte nicht im voraus lernen wollen, werden Sie natürlich die Worte, wenn der Augenblick kommt, da sie zum erstenmal laut werden möchten, nicht sagen können.
– Warum sollte ich sie nicht sagen können, wenn es die Worte sind, die ich sagen möchte, fragte der kleine Diktator und saß bereits vor der nächsten Tasse Kaffee.
– Weil die Furcht es nicht gestatten wird, sagte traurig der Mann. Sie werden einen Strick um den Hals haben, im Hemde stehen und vor Angst und Kälte zittern, mit den Zähnen klappern und kein Wort herausbringen. Henker und Henkersknechte, unter denen einige von diesen Herrschaften sein werden, warten aus Anstand ein paar Minuten; wenn sich Ihrem Munde aber bloß ein von Schluckauf und Bitten um Gnade (denn Gnade werden Sie allerdings mühelos aussprechen) unterbrochenes Ächzen entringt, so werden sie ungeduldig und Sie aufhängen.
Voller Entrüstung umringten die Sekretäre und insbesondere die Generäle den kleinen Diktator und baten ihn, den Mann auf der Stelle füsilieren zu lassen. Aber der kleine Diktator, der bleich wie der Tod war, stieß

sie von sich und schloß sich mit dem Manne ein, um ihm seine Letzten Worte abzukaufen.
Unterdessen zettelten die durch die erlittene Behandlung schwer gekränkten Generäle und Sekretäre einen Putsch an und ergriffen am nächsten Morgen den kleinen Diktator, während er in seiner Lieblingslaube Trauben aß. Sie ließen ihn gar nicht erst auskauen, sondern streckten ihn, damit er seine letzten Worte nicht sagen könne, mit einem Schuß nieder. Danach begaben sie sich auf die Suche nach dem Mann, der aus dem Regierungsgebäude verschwunden war, und fanden ihn in kurzer Zeit, da er auf dem Markte umherging und an die Marktschreier Werbesprüche verkaufte. Sie steckten ihn in einen geschlossenen Wagen, brachten ihn auf die Festung und folterten ihn, damit er ihnen verrate, wie die Letzten Worte des kleinen Diktators hätten sein können. Da sie ihm das Geständnis nicht entreißen konnten, traktierten sie ihn mit Fußtritten zu Tode.
Auch in Zukunft schrien an der Ecke die Straßenhändler, die ihm Schreie abgekauft hatten, und einer jener Schreie diente später als Schlachtruf und Losung der Konterrevolution, die mit den Generälen und Sekretären Schluß machte. Einige dachten, ehe sie starben, verwirrt, daß die ganze Geschichte in Wirklichkeit eine törichte Kette von Verwirrungen gewesen war und daß die Wörter und Schreie Dinge waren, die man höchstens verkaufen, nicht aber kaufen konnte, obgleich es absurd scheint.
Und alle verfaulten nach und nach, der kleine Diktator, der Mann, die Generäle und die Sekretäre; die Schreie aber schollen von Zeit zu Zeit an der Ecke.

Die Handlinien

Von einem auf dem Tische liegenden Brief geht eine Linie aus, die läuft über die Tischplatte aus Fichtenholz und klettert an einem der Beine hinab. Man muß nur gut Obacht geben und man entdeckt, daß die Linie auf dem Parkettfußboden weiter geht, an der Mauer emporsteigt, in einen Kupferstich eintritt, der ein Gemälde Bouchers wiedergibt, den Rücken einer Frau nachzeichnet, die sich auf einem Diwan rekelt, und sich schließlich aus der Wohnung und über das Dach davon macht und an dem Blitzableiter auf die Straße herabgleitet. Bei dem Verkehr ist es schwierig, ihr weiterhin zu folgen, aber wenn man die Augen offen hält, sieht man wohl, wie sie über das Rad in den Autobus steigt, der an der Ecke hält und zum Hafen fährt. Dort läuft sie den fleischfarbenen Nylonstrumpf eines wasserstoffblonden Fahrgastes hinunter, betritt das feindselige Zollgelände, schleicht und kriecht und schlängelt sich bis an den großen Kai und besteigt hier (aber man sieht sie nur schwer und weniger gut als die Ratten, die gleich ihr an Bord gehen) das Schiff mit den singenden Turbinen, läuft über die Planken des Ersterklasse-Decks, springt mit knapper Not über die große Schiffsluke, und in einer Kabine, in der ein trauriger Mann Kognak trinkt und den Schiffssirenen lauscht, klettert sie an der Hosennaht hoch und über die Strickweste, gleitet bis an den Ellbogen und flüchtet sich mit letzter Kraft in die rechte Hand, die eben Anstalten macht, sich um den Knauf einer Pistole zu schließen.

GESCHICHTEN DER CRONOPIEN
UND FAMEN

I
Erstes und noch ungewisses Lebenszeichen der Cronopien, Famen und Esperanzen
Mythische Phase

Gebräuche der Famen

Es war einmal ein Fame, der tanzte vor einem Laden voller Cronopien und Esperanzen, tanzte *Tregua* und tanzte *Catala*. Am meisten aufgebracht waren die Esperanzen, denn sie wünschen beständig, daß die Famen nicht Tregua noch Catala, sondern *Espera* tanzen, das heißt den Tanz, den die Cronopien und Esperanzen kennen.

Die Famen stellen sich absichtlich vor die Läden und wieder tanzte unser Fame Tregua und tanzte Catala, um die Esperanzen zu ärgern. Eine der Esperanzen ließ ihren Flötenfisch – wie der Meerkönig haben die Esperanzen immer Flötenfische bei sich – zu Boden fallen und trat vor die Tür, den Famen zu verwünschen, indem sie zu ihm sagte:

– Fame, tanz vor diesem Laden nicht Tregua noch Catala.

Der Fame tanzte weiter und lachte.

Die Esperanze rief andere Esperanzen herbei, und die Cronopien bildeten einen Kreis, um zu sehen, wie es weiterging.

– Fame – sagten die Esperanzen. Tanz vor diesem Laden nicht Tregua noch Catala.

Aber der Fame tanzte und lachte, um den Esperanzen einen Tort zu tun.

Da stürzten sich die Esperanzen auf den Famen und richteten ihn böse zu. Neben einem Pfosten ließen sie ihn liegen, und der Fame wehklagte und lag da in seinem Blut und Herzeleid.

Wie es niemand sah, kamen die Cronopien, jene naßgrünen Dingerchen. Sie umringten den Famen und sagten mitleidig zu ihm:
– Cronopium Cronopium Cronopium.
Und der Fame begriff, und seine Einsamkeit war nicht mehr so bitter.

Der Tanz der Famen

Die Famen singen überall
die Famen singen und rühren sich

– CATALA TREGUA TREGUA ESPERA

Die Famen tanzen in der Stube
mit kleinen Laternen und Gardinen
tanzen und singen auf diese Weise

– CATALA TREGUA ESPERA TREGUA

Hüter der Ordnung, was laßt ihr laufen
die Famen, welche zwanglos des Weges kommen
      singend und tanzend,
die Famen, singend catala tregua tregua,
tanzend tregua espera tregua,
wie könnt ihr?
Wären es noch die Conopien (jene grünen, borstigen,
feuchten Dingerchen)
die durch die Straßen ziehen, denen könnte man entkommen mit einem Gruße: – Gutenacht auch Cronopien Cronopien.
Aber die Famen.

Freude des Cronopiums

Ein Cronopium und ein Fame begegnen einander beim Ausverkauf des Ladens *La Mondiale*.
– Tagchen, Cronopium Cronopium.
– Guten Abend, Fame. Tregua catala espera.
– Cronopium Cronopium?
– Cronopium Cronopium.
– Zwirnsfaden?
– Zwei, aber einen blau.
Der Fame behandelt das Cronopium mit aller Achtung. Nie wird es sprechen, ehe es nicht weiß, daß seine Worte am Platze sind, in ständiger Angst, daß die allzeit lauernden Esperanzen, jene leuchtenden Mikroben, sich in der Luft einschleichen und beim ersten unrechten Wort das redliche Herz des Cronopiums heimsuchen.
– Draußen regnets, sagt das Cronopium. Der ganze Himmel.
– Mach dir nichts daraus, sagt der Fame. Wir werden in meinem Wagen fahren. Um die Zwirnsfäden zu schützen.
Und er schaut in die Luft, aber er sieht keine Esperanze und atmet befriedigt auf. Übrigens behagt es ihm, die rührende Freude des Cronopiums zu beobachten, das die beiden Fäden – einer davon blau – an seine Brust drückt und inbrünstig wartet, daß der Fame es einsteigen heißt.

Trauer des Cronopiums

Am Ausgang des Lunaparks gewahrt ein Cronopium,
daß seine Uhr nachgeht, daß seine Uhr nach, daß seine
 Uhr.
Trauer des Cronopiums angesichts einer Menge von
Famen, welche die Avenue Corrientes hinaufgeht um
 Elfuhrzwanzig
und es selbst, naßgrünes Ding, trippelt um Elfuhrfünf-
 zehn.
Betrachtung des Cronopiums: »Es ist spät, aber weniger spät für mich als für die Famen,
für die Famen ist es fünf Minuten später,
sie werden heimkommen später,
später sich schlafen legen.
Ich habe eine Uhr mit weniger Leben, mit weniger
 Heim und weniger Bettruhe,
ich bin ein vermaledeites und feuchtes Cronopium«.

Während es Kaffee nimmt in dem RICHMOND DE FLO-
 RIDA
näßt das Cronopium eine Scheibe gerösteten Brotes mit
 seinen natürlichen Tränen.

2
Geschichten der Cronopien und Famen

Reisen

Wenn die Famen auf Reisen gehen und in einer Stadt übernachten wollen, pflegen sie folgendes zu tun: Ein Fame geht ins Hotel und auskundschaftet behutsam die Preise, die Güte der Bettücher und die Farbe der Teppiche. Der zweite verfügt sich aufs Polizeikommissariat und gibt die bewegliche und unbewegliche Habe der drei sowie den Inhalt ihrer Koffer zu Protokoll. Der dritte Fame geht zum Krankenhaus, schreibt die Listen der Dienst habenden Ärzte ab und notiert sich ihre Spezialgebiete.
Sind diese Vorkehrungen getroffen, finden sich die Reisenden auf dem Marktplatz ein, teilen einander ihre Beobachtungen mit und betreten ein Café, um einen Aperitiv zu trinken. Zuvor aber fassen sie sich an den Händen und tanzen Ringelreihen. Dieser Tanz wird ›Famenfreude‹ genannt.
Wenn die Cronopien auf Reisen gehen, finden sie die Hotels besetzt, die Züge sind schon fort, es regnet lautstark, und die Taxis wollen sie nicht mitnehmen oder verlangen gesalzene Preise. Die Cronopien lassen sich davon nicht entmutigen, denn sie sind des festen Glaubens, daß solche Dinge jedermann erlebt, und zur Schlafenszeit sagen sie zueinander: »Die schöne Stadt, die wunderschöne Stadt.« Und träumen die ganze Nacht, daß in der Stadt große Feste gefeiert und sie dazu eingeladen werden. Anderntags stehen sie auf und sind von Herzen froh: auf diese Weise reisen die Cronopien.

Die häuslichen Esperanzen lassen Dinge und Menschen für sich reisen und sind wie die Statuen: wer sie sehen will, muß halt kommen, denn sie tun keinen Schritt.

Bewahrung der Erinnerungen

Wenn die Famen ihre Erinnerungen bewahren wollen, pflegen sie sie folgender Gestalt einzubalsamieren: Nachdem sie die Erinnerung haargenau festgehalten haben, hüllen sie sie von Kopf bis Fuß in ein schwarzes Laken, stellen sie aufrecht an die Wand im Zimmer und heften ihr ein Schildchen an, das besagt: ›Ausflug nach Trippstrill‹ oder ›Frank Sinatra‹.

Hingegen lassen die Cronopien, jene unordentlichen und lässigen Wesen, die Erinnerungen lose zwischen fröhlichen Juchzern im Hause herumliegen und bewegen sich in ihrer Mitte, kommt aber eine Erinnerung gelaufen, liebkosen sie sie und sagen zu ihr: »Daß du dir ja nicht weh tust« oder auch: »Gib auf die Stufen acht«. Daher sind der Famen Häuser immer aufgeräumt und still wie das Grab, während in denen der Cronopien die Türen schlagen und großer Radau herrscht. Die Nachbarn beklagen sich ständig über die Cronopien, und die Famen nicken dazu vielsagend mit dem Kopfe, gehen heim und sehen nach, ob die Schildchen alle sind, wo sie waren.

Uhren

Ein Fame hatte eine Wanduhr, und jede Woche zog er sie MIT GROSSER SORGFALT auf. Ein Cronopium kam des Weges, sah und mußte lachen, ging heim und erfand den Cynara-scolymus-Chronometer oder die Artischockenuhr – man kann und darf so oder so sagen.
Die Artischockenuhr dieses Cronopiums ist eine Artischocke von der großen Sorte, deren Stiel in ein Loch in der Wand gesteckt wird. Die unzähligen Blätter der Artischocke bezeichnen die gegenwärtige und alle weiteren Stunden, so daß unser Cronopium bloß ein Blatt abzureißen braucht und sogleich die Stunde weiß. Da er die Blätter von links nach rechts abreißt, geben sie stets die genaue Uhrzeit, und täglich beginnt das Cronopium eine neue Lage Blätter abzureißen. Wenn es an den Kern gelangt, läßt sich die Zeit nicht mehr messen, und in der zeitlosen violetten Rose des Kerns findet das Cronopium eine große Freude, ißt sie anschließend mit Öl, Essig und Salz und setzt die nächste Uhr ins Loch.

Das Mittagsmahl

Nach vielem Kopfzerbrechen brachte ein Cronopium endlich ein Lebensthermometer zuwege, einen Gegenstand halb Thermometer und Topometer, halb Kartei und Lebenslauf.
Zum Beispiel empfing das Cronopium in seinem Heim einen Famen, eine Esperanze und einen Sprachlehrer. Mit Hilfe seiner Erfindung wies er nach, daß der Fame intravital, die Esperanze paravital und der Sprachlehrer intervital war. Sich selbst schätzte das Cronopium als leicht supervital ein, aber mehr der Dichtung wegen, als in Wahrheit.
Bei Tische genoß es unser Cronopium, seine Gäste reden zu hören, denn alle glaubten, sie bezögen sich auf denselben Gegenstand, aber dem war nicht so. Der Intervitale handhabte abstrakte Begriffe wie Geist und Bewußtsein, und die Paravitale hörte sie sich an, wie einer dem Regen lauscht – ein heikles Geschäft. Der Intravitale bat selbstverständlich alle Augenblicke um geriebenen Käse, und der Supervitale zerlegte das Huhn nach der Methode Stanley Fitzsimmons in zweiundvierzig Bewegungen. Nach Tisch verabschiedeten sich die Lebensgeister und gingen wieder ihrer Arbeit nach, auf dem Tisch aber blieben nur Knöchelchen da und dort des Todes.

Taschentücher

Ein Fame ist sehr reich und hat ein Dienstmädchen. Dieser Fame benutzt ein Taschentuch und wirft es in den Papierkorb. Er benutzt ein anderes und wirft es in den Papierkorb. Alle gebrauchten Taschentücher wirft er in den Papierkorb. Wenn sie alle sind, kauft er sich neue.

Das Dienstmädchen hebt die Taschentücher auf und bewahrt sie für sich. Da das Gebaren des Famen sie sehr erstaunt, kann sie sich eines Tages nicht beherrschen und fragt ihn, ob die Taschentücher wirklich weggeworfen werden sollen.

– Dummes Ding – sagt der Fame, *du hättest nicht fragen dürfen.* Von nun an wirst du meine Taschentücher waschen, und ich werde Geld sparen.

Handel und Wandel

Die Famen hatten eine Fabrik für Gartenschläuche aufgemacht und beschäftigten eine Menge Cronopien als Packer und im Lager. Kaum waren die Cronopien an ihrem Arbeitsplatz, war das eine Freude. Es gab grüne, rote, blaue, gelbe und violette Schläuche. Sie waren durchsichtig, und wenn man sie ausprobierte, sah man blasig das Wasser und zuweilen ein überraschtes Insekt hindurch laufen. Die Cronopien stießen Freudenschreie aus und wollten Tregua tanzen und Catala tanzen, anstatt zu arbeiten. Die Famen wurden fuchsteufelswild und brachten sogleich die Artikel 21, 22 und 23 der Betriebsordnung in Anwendung. Daß uns so etwas nicht wieder vorkommt.
Da die Famen sehr sorglos sind, warteten die Cronopien eine *günstige Gelegenheit* ab und luden viele viele Schläuche auf einen Lastwagen. Trafen sie ein kleines Mädchen, so schnitten sie ein Stück blauen Schlauch ab und verehrten es ihm zum Schlauchspringen. So sah man an jeder Ecke die allerschönsten blauen durchsichtigen Blasen steigen, und ein kleines Mädchen in der Mitte, das wie ein Eichhörnchen in seinem Käfig aussah. Die Eltern des kleinen Mädchens begehrten den Schlauch für sich, um damit den Garten zu sprengen, aber siehe da, die durchtriebenen Cronopien hatten die Schläuche in einer Weise durchlöchert, daß das Wasser darin zerstäubte und zu nichts diente. Am Ende wurden es die Eltern leid, und das kleine Mädchen ging wieder an die Ecke und hüpfte und hüpfte.

Mit den gelben Schläuchen schmückten die Cronopien verschiedene Denkmäler, und mit den grünen Schläuchen spannten sie mitten im Rosengarten Fallen nach afrikanischer Art, um zu sehen, wie die Esperanzen nach der Reihe hinfielen. Um die gefallenen Esperanzen tanzten die Cronopien Tregua und tanzten Catala, und die Esperanzen schmälten sie und sagten:
– Grausame Cronopien Grausige. Grausame!
Die Cronopien, die den Esperanzen nichts Böses tun wollten, halfen ihnen auf die Beine und schenkten ihnen ellenweise roten Schlauch. So konnten die Esperanzen heimgehen und sich ihren Herzenswunsch erfüllen: die grünen Gärten mit roten Schläuchen zu sprengen.
Die Famen schlossen die Fabrik und gaben ein Bankett, das reich an Trauerreden und an Kellnern war, die den Fisch unter schweren Seufzern auftrugen. Und sie luden dazu kein Cronopium ein, und bloß Esperanzen, die nicht in die Rosenfalle gegangen waren, weil die andern ihre Stücke Schlauch behalten hatten, weshalb die Famen diesen Esperanzen grollten.

Philanthropie

Die Famen können zuweilen sehr großzügig sein, wie zum Beispiel jener Fame beweist, der eine arme Esperanze findet, die am Fuß einer Kokospalme liegt; er hilft ihr in sein Auto, fährt sie heim, beköstigt sie fürsorglich und bietet ihr aufmerksam Zerstreuung, bis die Esperanze wieder bei Kräften ist und abermals wagt, auf die Palme zu klettern. Nach dieser Handlung fühlt sich der Fame sehr wohl und ist auch wirklich ein Wohltäter, nur kommt es ihm nicht in den Sinn, daß die Esperanze binnen weniger Tage abermals von der Kokospalme fallen wird. Und während dann die Esperanze neuerdings am Fuß der Kokospalme liegt, fühlt sich dieser Fame in seinem Klub als Wohltäter und denkt daran, wie er der armen Esperanze half, als er sie fand: arme gefallene Esperanze.
Die Cronopien sind grundsätzlich nicht großzügig. An den erschütterndsten Dingen gehen sie vorüber, und sei es eine arme Esperanze, die am Bordstein sitzt und seufzt, weil sie ihren Schuh nicht zu binden versteht. Diese Cronopien bemerken die Esperanze noch nicht einmal, da sie mit den Augen gerade hingebungsvoll einem Kohlweißling folgen. Mit derartigen Wesen läßt sich die Wohltätigkeit nicht sachgerecht üben, deshalb sind in den Wohltätigkeitsvereinen stets die Famen die maßgebenden Persönlichkeiten, und die Bibliothekarin ist eine Esperanze. Kraft ihrer Ämter tun die Famen sehr viel für die Cronopien, die nie einen Finger rühren.

Der Gesang der Cronopien

Wenn die Cronopien ihre Lieblingslieder singen, begeistern sie sich dermaßen, daß sie häufig von Radfahrern oder Lastwagen angefahren werden, aus dem Fenster fallen und verlieren, was sie bei sich tragen, ja sogar die Zeitrechnung.
Wenn ein Cronopium singt, eilen die Esperanzen und die Famen herbei und hören ihm zu, obgleich sie für seinen Überschwang nicht viel Verständnis haben und sich im allgemeinen leicht schockiert zeigen. Inmitten der Umstehenden hebt das Cronopium seine Ärmchen, als wollte es die Sonne stützen, als wäre der Himmel ein Präsentierteller und die Sonne das Haupt Johannes des Täufers, derart, daß das Lied des Cronopiums Salome ist, nackt tanzend für die Famen und die Esperanzen, die mit offenem Munde da stehen und sich fragen, ob der Herr Pfarrer, ob die Schicklichkeit... Aber da sie im Grunde gutartig sind (die Famen sind gut und die Esperanzen dämlich), klatschen sie schließlich dem Cronopium Beifall, das ganz erschrocken zu sich kommt, um sich blickt und auch zu klatschen beginnt, das arme Kerlchen.

Geschichte

Ein klitzekleines Cronopium suchte den Haustürschlüssel auf dem Nachttisch, den Nachttisch im Schlafzimmer, das Schlafzimmer im Hause, das Haus auf der Straße. Hier hielt das Cronopium inne, da es, um auf die Straße zu gehen, den Hausschlüssel benötigte.

Nur ein Löffel voll

Ein Fame entdeckte, daß die Tugend eine runde und vielbeinige Mikrobe ist. Augenblicklich flößte er seiner Schwiegermutter einen großen Löffel Tugend ein. Die Folgen waren grauenhaft: diese Dame unterließ ihre bissigen Kommentare, gründete einen Klub zum Schutze verirrter Alpinisten und betrug sich in weniger als zwei Monaten so musterhaft, daß die Fehler ihrer Tochter, die bis dahin unbemerkt geblieben, zur großen Bestürzung und Verwunderung des Famen in den Vordergrund traten. Es half nichts, er mußte seiner Frau einen Löffel voll Tugend geben, woraufhin sie ihn noch in der gleichen Nacht verließ, weil sie ihn grob, unbedeutend und überhaupt verschieden von den sittlichen Leitbildern fand, die ihr unaufhörlich vor Augen schwebten.

Der Fame dachte lang und breit, und am Ende nahm auch er einen Schluck Tugend. Aber er lebt fürderhin allein und traurig. Begegnet er auf der Straße seiner Schwiegermutter oder seiner Frau, grüßen sie sich aus respektvoller Entfernung. Sie getrauen sich noch nicht einmal, miteinander zu reden, so groß ist ihrer aller Vollendung und Furcht vor der Ansteckung.

Das Foto war verwackelt

Ein Cronopium will die Haustür öffnen, und als es die Hand in die Tasche steckt, um den Schlüssel zu angeln, angelt es eine Schachtel Zündhölzer, worauf sich unser Cronopium sehr grämt und zu denken anhebt, daß, wenn es anstelle des Schlüssels die Zündhölzer findet, es schrecklich wäre, sollte die Welt sich plötzlich verschoben haben, und, wenn die Zündhölzer sind, wo der Schlüssel sein sollte, es gut sein kann, daß es die Brieftasche voller Zündhölzer und die Zuckerdose voller Geld und das Klavier voller Zucker und das Telefonbuch voller Melodien und den Kleiderschrank voller Abonnenten und das Bett voller Kleider und die Blumentöpfe voller Bettlaken und die Straßenbahnen voller Rosen und die Fluren voller Straßenbahnen findet. Darüber grämt sich unser Cronopium schrecklich und schaut flugs in den Spiegel, aber da der Spiegel etwas verrückt ist, sieht es den Schirmständer im Korridor, und seine Ahnungen werden wahr, und es bricht in Schluchzen aus, fällt auf die Knie und faltet seine Händchen, es weiß selber nicht wozu. Seine Nachbarn, die Famen, eilen herbei, es zu trösten, und die Esperanzen auch, aber Stunden vergehen, ehe das Cronopium aus seiner Verzweiflung erwacht und eine Tasse Tee annimmt und trinkt, nachdem es sie lange besehen und geprüft hat, ob es auch ja eine Tasse Tee und kein Ameisenhaufen oder ein Buch von Samuel Smiles ist.

Eugenik

Häufig möchten die Cronopien keine Kinder haben, denn sobald ein Cronopium geboren ist, beleidigt es gröblich seinen Vater, in dem es dunkel das Häufchen Unglück gewahrt, das eines Tages auch ihm beschieden ist.
Aus diesen Gründen holen die Cronopien sich die Famen, damit sie ihre Weiber schwängern, wozu die Famen immer aufgelegt sind, weil es sich um Lüstlinge handelt. Obendrein glauben sie, auf diese Weise die sittliche Überlegenheit der Cronopien zu zerrütten, aber sie täuschen sich schmählich, denn die Cronopien erziehen ihre Kinder in ihrem Sinne und in wenigen Wochen haben sie ihnen jede Ähnlichkeit mit den Famen benommen.·

Ihre Wissenschaftsgläubigkeit

Eine Esperanze glaubte an die physiognomischen Gattungen wie etwa die der Plattnasigen, die mit Fischkopf, die Windbeutel, die Griesgrame und die mit buschigen Augenbrauen, die Eierköpfe und die vom Typ Haarschneider und so fort. Gewillt, diese Gruppen endgültig zu klassifizieren, fing sie an, von den Bekannten große Listen anzulegen, und teilte sie in die obengenannten Gruppen ein. Danach nahm sie die erste, von acht Plattnasen gebildete Gruppe vor und sah zu ihrem Erstaunen, daß sich diese Burschen tatsächlich in drei Gruppen unterteilten, nämlich in: die schnurrbärtigen Plattnasen, Plattnasen vom Typ Boxer und die Plattnasen vom Stil Ministerialamtsbote, wobei sich jede Gruppe aus je 3, 3 und 2 Plattnasen zusammensetzte. Kaum hatte die Esperanze sie nach ihren neuen Gruppen geschieden (das geschah übrigens in dem Café Paulista de San Martín, wo sie sie mit vieler Mühe und nicht wenig Schlagsahne versammelt hatte), entdeckte sie, daß die erste Untergruppe ungleich war, weil zwei der schnauzbärtigen Plattnasen zur Gattung der Schweinskaninchen gehörten, während der, der übrig blieb, mit Sicherheit ein Plattnasiger von japanischem Zuschnitt war. Mit Hilfe eines mit Sardellen und hartem Ei belegten Brötchens brachte sie ihn auf die Seite und ordnete nunmehr die Untergruppe der beiden Schweinskaninchen. Gerade ging sie daran, die Untergruppe in ihr wissenschaftliches Arbeitsbüchlein einzutragen, als eins der Schweinskaninchen in diese und das andere Schweinskaninchen in die entgegengesetzte Richtung blickte, infolgedessen die Esperanze und die übrigen Teilnehmer gewahren konnten, daß im Gegensatz zu dem ersten Schweinskaninchen, das offensichtlich ein rundschädeliger Plattnasiger war, der andere Plattnasige mit einem Schädel aufwartete, der sich weit besser als Hutständer eignete denn dafür, einen Hut in die Stirn zu drücken. So kam es zu dem Zerfall der Untergruppe, und von dem Rest wollen wir nicht reden, denn die übrigen Versuchspersonen waren von der Schlagsahne zum Zuckerrohrschnaps übergegangen, und das einzige, worin sie sich, als es so weit gediehen war, verblüffend glichen, war ihr fester Wille, noch und noch auf Kosten der Esperanze zu trinken.

Rundfunkstörung

Da sieht man, wohin es führt, wenn man sein Vertrauen in die Cronopien setzt. Kaum hatte man unser Cronopium zum Intendanten des Rundfunks ernannt, rief es ein Paar Übersetzer aus der Straße San Martín und ließ sie sämtliche Texte, Meldungen und Schlager ins Rumänische übersetzen, eine Sprache, die in Argentinien nicht sehr populär ist.
Um acht Uhr morgens stellten die Famen wie gewöhnlich ihre Rundfunkempfänger an, wollten Nachrichten hören, dem Werbefunk entnehmen, daß Persil doch Persil bleibe und Durst schlimmer als Heimweh sei.
Und sie hörten auch, aber auf rumänisch, so daß sie bloß die Marke des Erzeugnisses verstanden. Arg erstaunt schüttelten die Famen ihre Rundfunkgeräte, aber alles kam weiterhin auf rumänisch, sogar der Tango *Heute nacht besauf ich mich*, und das Telefon des Rundfunkintendanten wurde von einem Fräulein bedient, das auf die empörten Anrufe in rumänischer Sprache antwortete, womit das Durcheinander vollkommen war.
Die Hohe Regierung, davon verständigt, gab Befehl, das Cronopium, das die heiligen Güter der Nation in den Schmutz gezogen hatte, standrechtlich zu erschießen. Unseligerweise aber setzte sich das Exekutionskommando aus Cronopien zusammen, die zum Wehrdienst einberufen worden waren; anstatt auf den Exrundfunkintendanten zu schießen, feuerten sie in die Menge, die sich auf dem Maiplatz versammelt hatte, und zielten so

gut, daß sie sechs Marineoffiziere und einen Apotheker umlegten. Eilends rückte ein Trupp Famen an, das Cronopium wurde befehlsgemäß füsiliert, und man setzte auf seinen Platz einen angesehenen Volksliederdichter und Verfasser eines Traktats über die graue Materie. Der Fame führte wieder die Landessprache am Rundfunk ein, aber die Famen hatten einmal das Vertrauen verloren und stellten fast nie das Radio an. Viele Famen – von Natur aus pessimistisch – hatten sich Lexika und Lehrbücher der rumänischen Sprache sowie Lebensbeschreibungen König Carols und der Madame Lupescu gekauft. Rumänisch kam in Mode, die Regierung mochte wüten, wie sie wollte, und zum Grabe des Cronopiums wallfahrteten heimlich Delegationen, ließen ihre Tränen und Visitenkarten fallen, auf denen in Hülle und Fülle bekannte Namen aus Bukarest standen, Bukarest, der Stadt der Briefmarkensammler und Attentate.

Tun Sie ganz wie zu Hause

Eine Esperanze baute sich ein Haus und brachte eine Kachel an, darauf stand: *Willkommen in meinem Heim alle, die da treten ein.*
Ein Fame baute sich ein Haus und brachte überhaupt keine Kacheln an.
Ein Cronopium baute sich ein Haus und legte, wie es der Brauch war, die Vorhalle mit Fliesen aus, die es fertig kaufte oder für sich anfertigen ließ. Die Fliesen waren so angeordnet, daß man sie der Reihe nach lesen konnte. Auf der ersten stand: *Willkommen in meinem Heim alle, die da treten ein.* Auf der zweiten stand: *Das Haus ist klein, aber groß das Herz.* Auf der dritten stand: *Des Gastes Gegenwart ist wie der Rasen zart.* Auf der vierten stand: *In Wahrheit arm, doch nicht an Willen.* Auf der fünften stand: *Diese Inschrift hebt alle vorhergehenden Inschriften auf. Hau ab, du Hund.*

Heilverfahren

Ein Cronopium macht seinen Doktor in Medizin und eröffnet eine Praxis in der Straße Santiago del Estero. Kurz darauf kommt ein Kranker und erzählt ihm seine Leiden und daß er nachts nicht schlafen und am Tage nichts essen kann.
– Kaufen Sie sich einen großen Strauß Rosen, sagt das Cronopium.
Der Kranke zieht sich verblüfft zurück, aber er kauft den Strauß und wird auf der Stelle gesund. Voller Dankbarkeit sucht er das Cronopium auf und verehrt ihm – eine feine Geste – außer dem Honorar einen schönen Strauß Rosen. Kaum ist er fort, wird das Cronopium krank, es tut ihm überall weh, nachts kann es nicht schlafen und am Tage nichts essen.

Das Besondere und das Allgemeine

Ein Cronopium wollte sich neben seinem Balkon die Zähne putzen, und als es die Morgensonne und die schönen Wolken sah, die über den Himmel flogen, bemächtigte sich seiner so unbändige Freude, daß es mit Macht auf die Tube drückte und die Paste in einem langen rosa Band herausgekrochen kam. Nachdem es seine Zahnbürste mit einem wahren Berg von Paste bedeckt hatte, befand das Cronopium, daß noch ein ganzes Quantum übrigblieb; also begann es, die Tube zum Fenster hinaus zu leeren, und die Klümpchen rosafarbener Paste fielen an dem Balkon vorbei auf die Straße, wo gerade mehrere Famen zusammenstanden und die jüngsten Stadtereignisse durchgingen. Die Klümpchen rosafarbener Paste fielen auf die Hüte der Famen, während oben das Cronopium aus Herzenslust sang und sich die Zähne putzte. Die Famen empörten sich über diese hanebüchene Gedankenlosigkeit und beschlossen, eine Abordnung zu ernennen, die es augenblicklich verwünschen sollte; gesagt, getan: die aus drei Famen bestehende Abordnung stieg zur Wohnung des Cronopiums empor und schalt es mit folgenden Worten:
– Cronopium, du hast unsere Hüte verdorben, dafür wirst du zahlen müssen.
Und danach mit noch mehr Nachdruck:
– Cronopium, du solltest die Zahnpasta nicht so verschwenden!!

Die Forscher

Drei Cronopien und ein Fame tun sich als Höhlenforscher zusammen, um die unterirdischen Quellen eines Gießbaches zu entdecken. Als sie den Eingang der Höhle erreicht haben, steigt, von den anderen gehalten, ein Cronopium hinab, auf dem Rücken ein Paket Stullen, wie es sie mag (mit Käse). Die beiden Tauzieh-Cronopien oben seilen es ganz sachte ab, und der Fame schreibt jede Kleinigkeit der Forscherreise in ein großes Heft. Bald kommt von dem Cronopium eine erste Botschaft: es ist fuchsteufelswild, weil sie sich geirrt und ihm Schinkenbrote mitgegeben haben. Es ruckt am Seil und verlangt, man sollte es emporziehen. Die Cronopien an der Seilwinde gehen bekümmert mit sich zu Rate, und der Fame richtet sich zu seiner vollen, schrecklichen Größe auf und sagt: NEIN, sagt es mit solcher Heftigkeit, daß die Cronopien das Seil fahren lassen und ihn eilends zu besänftigen suchen. Indem kommt die nächste Botschaft, denn das Cronopium ist ausgerechnet in die Quellwasser gefallen und teilt von hier aus mit, daß alles schlecht geht, informiert sie unter Tränen und Schimpfworten, daß auf den Stullen samt und sonders Schinken und unter allen Schinkenbroten – es kann schauen, was es will – nicht ein einziges mit Käse ist.

Prinzenerziehung

Die Cronopien haben in der Regel keine Kinder, wenn sie aber welche haben, verlieren sie den Kopf, und es tragen sich erstaunliche Dinge zu. Da hat ein Cronopium zum Beispiel einen Sohn: sogleich betrachtet es ihn wie ein Wunder, ist sicher, daß sein Sohn der Blitzableiter der Schönheit ist und daß in seinen Adern die vollkommene Chemie fließt, mit Inseln hie und da, erfüllt von Schönen Künsten und Poesie und Städtebau. In der Folge kann unser Cronopium seinen Sohn nicht sehen, ohne daß es sich tief vor ihm verneigt und ihm Worte respektvoller Ehrerbietung sagt.
Natürlich haßt der Sohn ihn abgöttisch. Wenn er ins schulpflichtige Alter kommt, meldet ihn sein Vater in der ersten Klasse der Volksschule an, und der Kleine fühlt sich unter den anderen kleinen Cronopien, Famen und Esperanzen wohl. Je näher aber die Mittagszeit rückt, desto unleidlicher wird er, denn er weiß, daß am Ausgang sein Vater auf ihn warten und, sowie er ihn erblickt, seine Hände recken und Dinge sagen wird wie etwa:
– Gegrüßet seist du, Cronopium Cronopium, bestes und größtes und rosigstes und gewissenhaftestes und höflichstes und fleißigstes aller Kinder!
Das junge Volk der Famen und Esperanzen kann daraufhin nicht an sich halten und biegt sich vor Lachen am Bordstein, das kleine Cronopium aber haßt seinen Vater inständig und spielt ihm – das ist stets das Ende vom Lied – zwischen der Erstkommunion und dem Militär-

dienst einen üblen Streich. Aber die Cronopien leiden darunter nicht allzu sehr, denn auch sie haßten ihre Väter, und es könnte gar sein, daß jener Haß ein anderer Name für Freiheit oder Weltweite ist.

Man klebe die Briefmarke in die rechte obere Ecke des Umschlags

Ein Fame und ein Cronopium sind enge Freunde und gehen zusammen auf die Post, um ein paar Briefe an ihre Ehefrauen aufzugeben, die dank Cook & Sohn eine Reise durch Norwegen machen. Der Fame klebt seine Briefmarken mit aller Akkuratesse auf, gibt ihnen kleine Schläge, damit sie ja gut haften, das Cronopium aber stößt einen gräßlichen Schrei aus, daß die Beamten vor Schreck in die Höhe fahren, und erklärt außer sich vor Zorn, daß ihm die Geschmacklosigkeit der Bilder auf den Marken ein Greuel sei und man ihn nie und nimmer zwingen könne, seine Liebesbriefe, die Briefe seiner Gattenliebe mit solchen Schmachtfetzen zu besudeln. Dem Famen ist sehr unbehaglich zu Mute, denn er hat seine Briefmarken bereits aufgeklebt, aber da er dem Cronopium gut Freund ist, möchte er es nicht im Stich lassen und behauptet kühn, daß das Aussehen der Zwanzigcentavos-Briefmarke allerdings eher vulgär und *dutzendmäßig* sei, dafür aber die Einpeso-Marke eine Farbe wie Weinhefe habe, die sich am Boden gesetzt hat. Das Cronopium ist davon nicht beschwichtigt; es schwenkt seinen Brief und herrscht die Beamten an, die es betroffen betrachten. Endlich naht der Amtsvorsteher, und knapp zwanzig Sekunden später sieht sich das Cronopium auf der Straße, in der Hand seinen

Brief und im Herzen tiefen Gram. Der Fame, der seinen eigenen Brief hastdunichtgesehn in den Briefkasten geworfen hat, kommt es zu trösten und sagt:
– Zum Glück reisen unsere Gattinnen zusammen, und zum Glück teilte ich in meinem Briefe mit, daß es dir gut geht: so erfährt es auch deine Frau.

Telegramme

Eine Esperanze wechselte mit ihrer Schwester von Ramos Mejía nach Viedma folgende Telegramme:

HAST ERDBRAUNEN KANARI VERGESSEN. DUMMCHEN. INES.
SELBER DUMMCHEN. HABE ERSATZ. EMMA.

Drei Telegramme von Cronopien:

WIDER ERWARTEN IM ZUG GEIRRT ANSTATT 7.12 FUHR ICH 8.24 BIN AN ULKIGEM ORT. NICHT GEHEURE MÄNNER ZÄHLEN BRIEFMARKEN. ORT HÖCHST TRÜBE. GLAUBE NICHT DASS TELEGRAMM ANGENOMMEN WIRD. WAHRSCHEINLICH WERDE ICH KRANK. SAGE JA ICH HÄTTE WÄRMFLASCHE MITNEHMEN SOLLEN. SEHR DEPRIMIERT SETZE MICH AUF STUFE RÜCKZUG ERWARTEN. ARTHUR.

NEIN. VIER PESOS SECHZIG ODER NICHTS. WENN SIE SIE DIR BILLIGER LASSEN, KAUF ZWEI PAAR, EINS EINFACH UND EINS MIT STREIFEN.

TRAF TANTE ESTHER WEINEND AN, SCHILDKRÖTE KRANK. ANSCHEINEND GIFTIGE WURZEL ODER KÄSE IN VERDORBENEM ZUSTAND. SCHILDKRÖTEN EMPFINDLICHE TIERE. ETWAS BLÖDE, MACHEN KEINE UNTERSCHIEDE. EIN JAMMER.

3
Ihre Naturgeschichten

Löwe und Cronopium

Ein Cronopium geht durch die Wüste und begegnet einem Löwen. Es entspinnt sich folgendes Zwiegespräch:
Löwe. – Ich fresse dich.
Cronopium (sehr traurig, aber mit Würde). – Nun gut.
Löwe. – Oho, so nicht. Vor Märtyrern bewahr mich der Himmel. Entweder weinst du nun oder kämpfst, eins von beiden. So kann ich dich jedenfalls nicht fressen. Marsch, ich warte. Du sagst nichts?
Das Cronopium sagt nichts, und der Löwe weiß nicht weiter, bis ihm ein Gedanke kommt.
Löwe. – Es trifft sich gut, daß ich in der linken Pfote einen Dorn habe, der mich weidlich peinigt. Zieh ihn mir heraus, und ich will dich begnadigen.
Das Cronopium zieht ihm den Dorn heraus, und der Löwe knurrt, während er von dannen schreitet, mißlaunig:
– Danke, Androklus.

Kondor und Cronopium

Ein Kondor fällt wie der Blitz ein Cronopium an, das im Tinogasta spazierengeht, drängt es gegen eine Granitwand und sagt Gott weiß wie hoffärtig:
Kondor. – Wag es und behaupte, ich bin nicht schön.
Cronopium. – Sie sind der schönste Vogel, den ich je gesehen habe.
Kondor. – Noch mehr.
Cronopium. – Sie sind schöner als der Paradiesvogel.
Kondor. – Wag es und sag, ich fliege nicht hoch.
Cronopium. – Sie fliegen in schwindelnden Höhen und mit Überschallgeschwindigkeit und sind ein wahrer Stratosphärenvogel.
Kondor. – Wag es und sag, ich rieche schlecht.
Cronopium. – Sie riechen besser als ein ganzer Liter Kölnischwasser ›Johann-Maria Farina‹.
Kondor. – Scheißkerl. Gibt sich nicht die kleinste Blöße, wo man auf ihn einhacken könnte.

Blume und Cronopium

Ein Cronopium findet mitten auf weiter Flur eine einsame Blume. Zuerst will es sie pflücken, denkt aber, daß es eine unnötige Grausamkeit sei, kniet neben ihr nieder und spielt fröhlich mit der Blume: liebkost ihre Blütenblätter, haucht sie an, damit sie tanze, brummt wie eine Biene, schnuppert ihren Duft und legt sich endlich unter der Blume zur Ruhe und schlummert ein, von tiefem Frieden umwoben.
Die Blume denkt: »Es ist wie eine Blume«.

Fame und Eukalyptus

Ein Fame geht durch den Wald, und obwohl er kein Holz braucht, mustert er begehrlich Baum für Baum. Die Bäume haben schreckliche Angst, denn sie kennen die Sitten der Famen und fürchten das Schlimmste. Mitten unter ihnen steht ein schöner Eukalyptusbaum, wie den der Fame sieht, stößt er einen Freudenschrei aus, tanzt Tregua und tanzt Catala um den Baum, der ganz verschreckt ist, und sagt dann:
– Antiseptische Blätter, Winter ohne Husten, große Hygiene.
Er greift zum Beil und drischt dem Eukalyptus mir nichts dir nichts in den Magen. Der Eukalyptus ächzt, zu Tode getroffen, und die anderen Bäume hören seinen Stoßseufzer:
– Wenn man bedenkt, daß der Idiot sich bloß eine Schachtel Eukalyptusbonbons zu kaufen brauchte.

Schildkröten und Cronopien

Wie es so kommt, sind die Schildkröten große Bewunderer der Schnelligkeit. Das ist ganz natürlich.
Die Esperanzen wissen es und kümmern sich nicht darum.
Die Famen wissen es und spotten darüber.
Die Cronopien wissen es und ziehen jedesmal, wenn sie eine Schildkröte treffen, die Schachtel mit Farbkreide aus der Tasche und malen auf den runden Schild wie auf eine Tafel eine Schwalbe.

Inhalt

Handbuch der Unterweisungen

Prolog 9
Unterweisung im Weinen 12
Unterweisung im Singen 13
Muster einer Unterweisung in der Form,
Furcht zu haben 14
Unterweisung im Verständnis dreier
berühmter Gemälde 16
Unterweisung in der Kunst, Ameisen in
Rom zu töten 20
Unterweisung im Treppensteigen 23
Präambel zu der Unterweisung im Uhraufziehen 25
Unterweisung im Uhraufziehen 26

Sonderbare Beschäftigungen

Blendwerke 29
Etikette und Vorzüge 35
Post und Telefon 37
Verlust und Wiedergewinnung des Haares ... 39
Tante in Nöten 42
Tante eine oder keine Deutung 44
Tigerherberge 46
Über den Umgang mit Leichen 49

Plastisches Material

Büroarbeiten 59
Wunderbare Beschäftigungen 61
Vietato introdurre biciclette 63
Das Betragen der Spiegel auf der Osterinsel 65
Möglichkeiten der Abstraktion 66
Tageblattes Tageslauf 69
Kleine Geschichte die veranschaulichen soll wie
ungesichert die Stabilität ist in der wir zu
existieren glauben oder dich möcht ich sehen
wenn die Gesetze Ausnahmen, Zufälle oder
Unwahrscheinlichkeiten gestatten könnten 70
Ende der Welt am Ende 73
Kopflosigkeit 76
Skizze eines Traums 78
Wie gehts, López 80
Erdkunde 82
Fortschritt und Rückschritt 84
Wahre Begebenheit 85
Geschichte mit einem molligen Bären 86
Vorwurf für einen Wandteppich 87
Eigenschaften eines Sessels 88
Gelehrter mit Gedächtnislücke 90
Plan für ein Gedicht 91
Kamel unerwünscht erklärt 93
Rede des Bären 95
Porträt des Kasuars 97
Todesfall der Tropfen 99
Geschichte ohne Moral 100
Die Handlinien 103

Geschichten der Cronopien und Famen

1 Erstes und noch ungewisses Lebenszeichen der Cronopien, Famen und Espereanzen. Mythische Phase.

Gebräuche der Famen 109
Der Tanz der Famen 111
Freude des Cronopiums 112
Trauer des Cronopiums 113

2 Geschichten der Cronopien und Famen

Reisen 117
Bewahrung der Erinnerungen 119
Uhren 120
Das Mittagsmahl 121
Taschentücher 122
Handel und Wandel 123
Philanthropie 125
Der Gesang der Cronopien 126
Geschichte 127
Nur ein Löffel voll 128
Das Foto war verwackelt 129
Eugenik 130
Ihre Wissenschaftsgläubigkeit 131
Rundfunkstörung 133
Tun Sie ganz wie zu Hause 135
Heilverfahren 136
Das Besondere und das Allgemeine 137
Die Forscher 138
Prinzenerziehung 139

Man klebe die Briefmarke in die
rechte obere Ecke des Umschlags 141
Telegramme 143

3 Ihre Naturgeschichten
Löwe und Cronopium 147
Kondor und Cronopium 148
Blume und Cronopium 149
Fame und Eukalyptus 150
Schildkröten und Cronopien 151

Julio Cortázar
im Suhrkamp Verlag

Album für Manuel. Roman. Aus dem Spanischen von Heidrun Adler. Gebunden

Alle lieben Glenda. Erzählungen. Aus dem Spanischen von Rudolf Wittkopf. st 1576

Bestiarium. Erzählungen. Aus dem Spanischen von Rudolf Wittkopf. st 543

Ende des Spiels. Erzählungen. Aus dem Spanischen von Wolfgang Promies. st 373

Das Feuer aller Feuer. Erzählungen. Aus dem Spanischen von Fritz Rudolf Fries. st 298

Die geheimen Waffen. Erzählungen. Aus dem Spanischen von Rudolf Wittkopf. st 672

Geschichten der Cronopien und Famen. Aus dem Spanischen von Wolfgang Promies. BS 503

Geschichten, die ich mir erzähle. Aus dem Spanischen von Rudolf Wittkopf. Gebunden

Die Gewinner. Roman. Aus dem Spanischen von Christa Wegen. Leinen und st 1761

Ein gewisser Lukas. Aus dem Spanischen von Rudolf Wittkopf. Leinen

Letzte Runde. Aus dem Spanischen von Rudolf Wittkopf. es 1140

Das Observatorium. Aus dem Spanischen von Rudolf Wittkopf. Mit Fotos von Julio Cortázar unter Mitarbeit von Antonio Gálvez. es 1527

Oktaeder. Erzählungen. Aus dem Spanischen von Rudolf Wittkopf. st 1295

Passatwinde. Erzählungen. Aus dem Spanischen von Rudolf Wittkopf. st 1370

Rayuela. Himmel und Hölle. Roman. Aus dem argentinischen Spanisch von Fritz Rudolf Fries. Leinen und st 1462

Reise um den Tag in 80 Welten. Aus dem Spanischen von Rudolf Wittkopf. es 1045

Unzeiten. Erzählungen. Aus dem Spanischen von Rudolf Wittkopf. Leinen

Der Verfolger. Erzählungen. Aus dem Spanischen von Fritz Rudolf Fries, Wolfgang Promies und Rudolf Wittkopf. Gebunden

Der Verfolger. Erzählung. Aus dem Spanischen von Rudolf Wittkopf. BS 999

Lateinamerika
im Suhrkamp Verlag und Insel Verlag

Aus der Welt der Azteken. Die Chronik des Fray Bernardino de Sahagún. Mit einem Vorwort von Juan Rulfo. Übersetzungen von Leonhard Schultze Jena, Eduard Seler und Sabine Dedenbach-Salázar. Ausgewählt und mit einem Nachwort versehen von Claus Litterscheid. Leinen

Augusto Boal: Theater der Unterdrückten. Übungen und Spiele für Schauspieler und Nicht-Schauspieler. Aus dem Brasilianischen von Henry Thorau und Marina Spinu. es 1361

Bernal Diaz del Castillo: Geschichte der Eroberung von Mexiko. Herausgegeben und bearbeitet von G. A. Narciß. Mit zahlreichen Abbildungen. it 1067

Gregorio Condori Mamáni: »Sie wollen nur, daß man ihnen dient ...« Autobiographie. Aus dem Spanischen von Karin Schmidt. es 1230

Klaus Eßer: Lateinamerika. Industrialisierungsstrategien und Entwicklung. es 942

Tulio Halperin Donghi: Geschichte Lateinamerikas von der Unabhängigkeit bis zur Gegenwart. Aus dem Spanischen von Elke Wehr. Leinen

Alexander von Humboldt: Reise in die Neue Welt. Reise in die Äquinoktial-Gegenden des Neuen Kontinents. Herausgegeben von Ottmar Ette mit Anmerkungen zum Text, einem Nachwort und zahlreichen zeitgenössischen Abbildungen sowie einem farbigen Bildteil. 2 Bände in Kassette

Christoph Kolumbus: Bordbuch. Mit einem Nachwort von Frauke Gewecke und zeitgenössischen Illustrationen. it 476

Franz Xaver Kroetz: Brasilien–Peru-Aufzeichnungen. st 1802
– Nicaragua-Tagebuch. Roman. st 1801

Der lange Kampf Lateinamerikas. Texte und Dokumente von José Martí bis Salvador Allende. Herausgegeben und mit einer Einleitung versehen von Angel Rama. st 812

Bartolomé de Las Casas: Kurzgefaßter Bericht von der Verwüstung der Westindischen Länder. Herausgegeben von Hans Magnus Enzensberger. Deutsch von D. W. Andreä. it 553

Lateinamerikaner über Europa. Herausgegeben von Curt Meyer-Clason. es 1428

Elena Poniatowska: Stark ist das Schweigen. Vier Reportagen aus Mexiko. Aus dem mexikanischen Spanisch übersetzt von Anna Jonas und Gerhard Poppenberg. st 1438

Lateinamerika
im Suhrkamp Verlag und Insel Verlag

Darcy Ribeiro: Amerika und die Zivilisation. Die Ursachen der ungleichen Entwicklung der amerikanischen Völker. Aus dem Portugiesischen von Manfred Wöhlcke. Leinen
- Unterentwicklung, Kultur und Zivilisation. Ungewöhnliche Versuche. Aus dem Portugiesischen von Manfred Wöhlcke. es 1018